U0609642

书法家

罗志远 著

天津出版传媒集团
百花文艺出版社

图书在版编目（CIP）数据

书法家 / 罗志远著. -- 天津 : 百花文艺出版社, 2023.9

ISBN 978-7-5306-8598-3

Ⅰ. ①书… Ⅱ. ①罗… Ⅲ. ①短篇小说-小说集-中国-当代 Ⅳ. ①I247.7

中国国家版本馆 CIP 数据核字(2023)第 153224 号

书法家

SHUFAJIA

罗志远　著

出 版 人:薛印胜　　**选题策划:**汪惠仁

编辑统筹:徐福伟　　**责任编辑:**齐红霞

特约编辑:王亚爽　　**美术编辑:**郭亚红

出版发行:百花文艺出版社

地址: 天津市和平区西康路 35 号　**邮编:** 300051

电话传真: +86-22-23332651（发行部）

+86-22-23332656（总编室）

+86-22-23332478（邮购部）

网址: http://www.baihuawenyi.com

印刷: 山东临沂新华印刷物流集团有限责任公司

开本: 880 毫米×1230 毫米　1/32

字数: 138 千字

印张: 7.75

版次: 2023 年 9 月第 1 版

印次: 2023 年 9 月第 1 次印刷

定价: 58.00元

如有印装质量问题，请与山东临沂新华印刷物流集团有限责任公司联系调换

地址：山东省临沂市高新技术产业开发区新华路 1 号

电话：(0539)2925886　邮编：276017

目录

拳击家

一

第一次见陈得喜，是在我家门口。大除夕晚上，我一面蹲在地上等吃饭，一面顺着引线点火花，旁边是一堆去年积攒的没放完的空擦炮，火药已被我全部抠出，我把这些黑色粉末排列成一米多长的线。光线暗，我持手电筒，老远照见一个人，两手拎着塑料袋走来。那时我视力还好，左眼 1.5，右眼 1.3，第一眼看到的是一双军绿色的布鞋，没遮全，露出白色袜子，黑色裤子往上奶白色套衣贴着胸口骨头。他的身影摇摇晃晃，双肩耸起，看样子东西挺沉。起初他一直盯着地面，走近，看到我后，他才咳嗽两声。我俩相互打量，都没开口，气氛凝固，直到我爸拽开门说，老陈来了。我先朝他点点头，他也点点头，从塑料袋里摸索出一根橘子味的棒棒糖扔给我，然后跟我爸进屋。我叼着棒棒糖一屁股坐在地上，这就算认识了这个亲戚。

在我过去九年的生命历程中，我的记忆里一直没有他的存在，逢年过节的家族聚会也不见他。我姓罗，我爸也姓罗，陈得喜姓陈，随我奶姓。我爸是老大，下有四个弟弟，陈得喜最小，那时我爷有了四个儿，嫌多，想要个女娃，结果出了陈得喜。听说我爷第一次抱他时，往陈得喜下体一摸，脸皮就耷拉下来，差点没拱手送人。名字从预先起好的罗得喜变成陈得喜。

陈得喜是来找我爸商量他要离婚的事，我爸管底下兄弟称呼二弟三弟，到了他，就变成了老陈。我听到里屋传出窸窸窣窣的声音。我爸说，老陈啊，离不离你心里都没个谱吗？有些事，强求不得就算了。陈得喜那时尚属正常，拉开嗓门说，哥啊，不是我想离，她是铁了心不给情面，还要把我儿带走。我爸说，这事强求不得，你问你儿愿意跟你不，爷儿俩感情好啥都好说。陈得喜说，那我儿铁定跟我亲啊，睡一处，手里变形金刚还是新版的，夜里不松手。陈得喜说，得跟我，和他妈一块就完蛋了。那一天陈得喜和我爸商量至深夜，给我带了袋旺旺大礼包和两个海绵宝宝封面的本子，临走的时候门外一片漆黑，空荡的风吹动了房檐的落叶，簌簌作响，我爸喊我送人，我点燃火柴，顺引线的火药燃起了猛烈的闪光，瞬间照亮了陈得喜黝黑的面孔，他蹲下来仔细瞅我，捏了一下我的脸，说了一句长得和我儿真他妈像，随后站起身离开了。

那是二〇〇八年的冬天，陈得喜和我婶打了一场官司，结果惨败，我弟从此归了我婶，陈得喜不服要上诉，被一句“基于双方经济条件考虑”打了回来。家里东西陆续被搬空，陈得喜像是被抽了脊柱的鱼，白天一人喝酒，晚上垫几张报纸躺地上，也没人管，再后来，开始隔三岔五来找我爸一块喝，他俩一坐下我就得出去，我妈领我上街买菜，逛五条街，好几次回来看到两人都勾肩搭背躺在地上，久叫不醒。后来有一次在饭桌上，我爸说下次陈得喜来你们就别走了，你们俩留下来。我妈问为啥，我爸闷头干了杯白开水，指了指放在厨房角落的十几个贴着茅台标签的空瓶子说，都是陈得喜来后喝完的。我妈也不说话了，我忙着在海绵宝宝封面的本子上画画。

二

噢，我想起了一件事，有必要说一下，陈得喜出生的三年后，我爸的三弟，也就是我三叔逝世了。死的具体原因我爸没和我说，只知道我那素未谋面阴阳两隔的三叔打小聪明伶俐，生前被全家视为掌上珠宝，尤其深得我爷宠爱。三叔的死给全家笼罩上一层阴郁的气氛，很长一段时间我奶叫陈得喜少在我爷面前晃悠，陈得喜多独自一人闭于房内，除吃饭上厕所出去一下，生存空间仅限于十平方米的空间。也就是在这段时间，他关门缩在房间，清静无为，学会了人生一项重要技能——打拳。拳是军体拳，书是我爷年轻时当兵免费发的，后卖废品途中遗落房内。陈得喜那时不到五岁，出来后，已经深得军体拳的动作要领，屈腿挺背，两脚张开与肩同宽，双眼凝神目视前方，一顿比画之下，威风凛凛，虎虎生威，别具一番气势。但这并未吸引同龄人的关注，陈得喜一直是一个人，所到之处，邻里孩童作鸟兽散。

我爸一次谈起往事，说他当初还想着学两招，但每次瞧其他人都绕道，只能跟着大队伍走开。

陈得喜独来独往日渐成习惯，每天早上六点半准时携着我奶做的葱香花卷出门，打上半个小时拳，然后在去学校的路途之中吃完尚是热乎的早饭。中午放学，在小卖部旁边再打上半个小时，吸引不少人围观。下午离开校园前，陈得喜最后在大操场的夕阳下打半个小时军体拳，然后回家洗澡吃饭做作业。这事也是后来传到我爷我奶耳朵里，我爷不说话，光撇嘴冷笑。我奶也不说话，就每天早上在饭桌上多放一个花卷。

陈得喜上了九年的学，打了九年的军体拳，最后几乎到了炉火纯青的地步。毕业后，陈得喜文化分不行，军体拳却自创打出了一套新体系。原本升学无望，哪知那年军校招生，身体瘦弱平平无奇的陈得喜反而在人海之中第一个引起了教官关注，一张录取通知书寄往家中，被我爷藏到门槛缝隙里，每天家里人踩踏经过，无人知晓。等我奶发觉时，日期已过，那晚，两人大吵了一架，我奶抱着陈得喜痛哭，陈得喜倒没说什么，出门后，在家门口的老槐树下默不作声打了一夜的拳。

陈得喜后来做过钳工、搬过砖、发过小广告……十来个身份换来换去，吃饭技能也不断变换，他是最后一个结婚的，却是第一个搬出家的人。没多久我奶我爷相继去世，陈得喜就那个时间回来了一下，买了两束菊花，垫张报纸，给我爷磕了三个头，给我奶磕了六个，继而离去，后就和除了我爸之外的亲戚断了联系。至于为什么和我爸亲近些，我爸仔细想了想，说大概是因为陈得喜无意间见过他偷偷模仿自己打拳。

我爸没再多说，我问他陈得喜还打拳不，他说他不知道，大概是不打了，和他一块喝酒口头上都是儿子儿子的，长吁短叹，儿子是他命根子。我爸又说，男人嘛，一辈子不就剩下这么点事，房子、车子、票子，再多个女人，时机到了，有了儿子女儿的，为下一代操点心，老了颐养天年，一生就这么过去了。我说，挺好。我爸说，陈得喜也算是悟到了，就是晚了些，女人没了，儿子没了，还没几个钱，住的地方老破小，只能等拆迁,能多拿就多拿。

后来陈得喜真就不再来我家了。一年一度的春节聚会,我看见宴席上亲戚们热热闹闹,一团和气,我一连叫了几个叔、几个婶、几个姨,唯独没见着陈得喜。当时还惦记着,年一过,我基本就忘记了这个人了。

我十一岁那年夏天又见过他一次，当时我去培训班上课,背了个黄色双肩包,戴了顶皮卡丘卡通帽,手里提着学校发的纸袋,里面是书包装不下的毛笔和宣纸。我妈说现在的小孩都精,学得快,得学业和专业互补,于是给我连续报了奥数班和书法班,她报完还挺高兴,说还好眼疾手快,不然名额没了得输起跑线上,最后说动完脑子又动手,两不误。我走在大太阳底下,汗水浸透衣服,摸摸口袋还有几枚硬币,跑去路边超市门口冰柜前买根冰棒。我花三块钱买了根橘子味冰棒,正撕开包装放嘴里,眼神随意一瞟,见着一个中年人从一家酒吧踉踉跄跄出来,黑色裤子、奶白色短袖上衣,我第一眼没认出来,仔细再瞅,往下瞧是那双军绿色布鞋,又歪头瞅他脸,的确是陈得喜。

陈得喜头发垂至眉眼,看起来酒还没醒,眼神迷离,逮着谁路过就猛地瞪大眼睛,周围人唯恐避之不及,他身上散发一股怪味,步子左摇右晃,围着一棵大树绕圈。我喊了一声,老陈。他顿了一下，又好似没听见，接着绕圈，我看了他十分钟，他围着树走了十分钟，最后终于慢慢停下来，面对大树规规矩矩站好，两腿微张，与肩同宽，半蹲下来，我以为他要打拳，但他只顾磨磨蹭蹭，不见动作，后来我看他好像把裤腰带解下来了，好像又脱裤子，我瞧着他，他露出白花花的大屁股，脑袋不摇晃了，朝上瞧，手上扶着什么，只听他嘴里嘘的一声，像是窸窸窣窣响起微弱的下雨声。我没再看下去，我想起马上要迟到了，冰棒融化的水顺着木棍滴在我的手上，泛起一阵冰凉，于是我舔舐干净，挺了挺胸，继续朝前走去。

三

电话那头是我爸的声音，一个劲儿地喊喂喂喂。声音模糊，像是电跳闸，时断时续。我说，喂。我爸吼道，你陈叔不行了。我说，啥？老陈不行了？我爸说，没大没小，叫陈叔。倏然声音又大了，有人在吵嚷，有人吆喝，还有小孩的哭声。我翻身换了个手接，声音全都没了。等电话再打来，清楚了些，我爸说，刚在菜市场呢，你妈说今晚吃鱼，你吃草鱼还是鳜鱼，鲫鱼就算了，刺多。我说，你刚说老陈啥事？我爸说，噢，对了，我接到医院通知，陈得喜他住院了，好像是得上什么病，倒路边上，被人送进医院了。我说，他留咱电话号码，又是亲戚，于情于理得去一趟。我爸说，就你懂，我回去还得和你妈商量，看要买些啥不。我挂了电话，去三楼洗了个澡，又回四楼宿舍换了身干净衣服，整理些东西，随手拎了本单薄的绿色封面的书，背上包，临走前给阳台的植物还浇了水。

每逢一两个月我就回去一趟，不久待，主要是要点生活费，我爸打完牌心情好就多给点，输了就少给点，余下我妈补。我妈老叫我好好学习，这次没念叨，刚一进屋，我妈丢给我一箱桂圆八宝粥，说提着去医院给陈得喜。

一路上刮风，我爸不断看手机，对着路线走，我妈又叫我去超市买了一箱酸奶，双手不空着，显得郑重。到医院，走廊冷清，顺着病号找到 402 病房，里面亮着微灯，三张病床，最外围空着，中间躺着一大爷，他一面用牙签把切好的西瓜放嘴里，一面盯着电视里维多利亚的秘密猛看。我们好不容易绕过那人。陈得喜在最里头，大热天盖着白色被子，头偏向一旁，后脑勺垫着两个枕头，旁边吊瓶安安静静正滴着液体，走近了，发现他鼻孔缓慢地呼吸，眼神微眯，似睡非睡。我爸喊，老陈，老陈。我妈打了他一下，说，你小声点。接着两人去找医生，留我守着。病房着实无聊，没开空调，只有床尾墙壁上电视机发出的细微声响，我搬了个凳子，也着手开始看电视，过程中旁边吃水果的那个大爷一直瞄我，我摸脸上，没摸着东西。

大爷朝我轻微叫唤，我把双肩包放下来，故意不瞅他。大爷叫了一下，又不叫了。等吃完水果，又开始叫，小伙子，小伙子。我说，您小声点，我二十来岁了，耳不聋，听得见。大爷问，你是不是他儿子？我说，不是，就亲戚，叔侄关系，也不特别熟。我看了陈得喜一眼，他一动不动，似在熟睡。大爷说，我见这人来了几天，第一次醒来一声不吭，赖在床上装聋作哑，一个家人的联系方式都不给。我说，嗯。大爷说，后来医生没办法了，说随便给个电话号码都行。我说，嗯。大爷说，磨蹭了好久，就差打 110 了，这才给了个电话号码，现总算有人来了。我不嗯了，默不作声听大爷说话，大爷有些激动，语调不觉高了些，从陈得喜又谈到他死去的老伴儿，又谈到他刚回国的儿子，絮絮叨叨，接着又说医院费用，谈拆迁款，谈保健品。电视里的声音渐渐被盖过，光影闪烁，人物变换，屏幕上高挑的、年轻的躯体还在晃动，但纯粹已成一段彩色的默片。我起身关掉电视，房间近乎陷入黑暗，月光照进，地面浮动碎银，床头花卉摇曳暗影，大爷也许是累了，不再大声说话，抚平床单，翻身睡去，倏然响起轻微的鼾声。

我听到门外走廊里传来吵闹声，似是爸妈在争吵，开始很远，极为缥缈，如海浪，如起伏的歌声旋律，后又大了，等脚步渐近，进入病房，所有争执消隐不见。

我爸说，醒了不？我说，睡着呢。我爸说，东西放好，估计一时半会儿不会醒,明儿再来。我妈说,得早走,不然末班车得没。我说,不找个陪护啥的?我爸说,你不知道,我刚去问了一下,陪护还分三六九等,都贵着呢。我爸又说,医院晦气,动不动成百上千,都把人当提款机。我妈拉了拉我爸,我爸就不说了。我妈说,带的东西放柜子里,走前要关门。我说,你俩先走,我再坐一下,有些累。我爸说,晚点车赶不到了。我说,不远,几步路工夫,走半小时能到家,就坐一会儿。我爸说,那行,自个儿照顾自个儿,旁边有床能躺,走廊尽头是卫生间,有热水。后来两人都走了。

我真的有些疲倦了,可没有睡的想法,我后悔没带包烟,这会儿用来解乏也好。我搬个凳子坐月光下,掏出书,看了半个小时,上了趟厕所,回来见大爷鼾声如雷,又继续看。歌德写少年维特得知绿蒂已订婚那一段很感人,日记字字见血,如夜莺哀啼,天地崩塌,万物化为灰烬。我读得起劲儿,久而久之,再无倦意。突然,我听到病床上响起一声咳嗽,尽管刻意压抑,依旧清晰可闻。我侧身,见陈得喜坐在病床上,背靠床头,双手放腿上,眼睛明亮,一眨不眨盯着我。

我说,老陈。陈得喜说,你谁?我说,陈叔。陈得喜说,噢,是老罗他儿子。陈得喜正了正身子,伸出只手要拿水杯,伸了几次没摸到,我给他放近些,他摸了摸,扣住柄,提三次都没提起来。得，还得我来，我倒掉杯里的凉水，把污垢洗干净，出门去接了杯开水，摸着又觉太热，后兑凉水，等放陈得喜手里，水温恰好。陈得喜说，小伙子，挺会照顾人。我说，那可不，在宿舍都是自个儿照顾自个儿。陈得喜说，是叫小小吧。我说，是，我周围人都这么叫。陈得喜说，多久没见着了，都戴眼镜了。我说，是。陈得喜说，听你说宿舍，要换我儿子，差不多大，一块住校。我说，可别，都是要毕业的人了，一切向前看，我那技校就不是人能待的。陈得喜说，手里拿什么呢？我递给他看，他仔细瞅，也许是看不清，书名都凑眼珠上了。陈得喜说，少年什么烦恼？我说，是。陈得喜说，《少年维特之烦恼》，瞧，我还能认全。我说，那可不。陈得喜说，好书，讲什么的？我说，爱情故事，外国小说。陈得喜说，换我儿子，也是要谈恋爱的时候。我没作声。陈得喜翻了两页，又还给我。我说，陈叔。陈得喜摆了摆手，说，喊我名儿就行，叫老陈挺好，叫得越亲，就越没用。我说，是。

陈得喜侧身摸索半天，掏出张卡给我，说，小小，密码是我生日，你爸知道，不能白让你们掏钱。我说，这事以后说。陈得喜说，亲兄弟明算账，不够的，拆迁完后补上。我说，明儿再说。陈得喜和我互相推托，手抓我衣服，硬塞我口袋里，他才心安理得地松开。陈得喜说，见你老想起我儿子。我说，啊。陈得喜说，以前没辙，我教我儿子打拳，他死活不学，他妈还不许我教，说我心不用在正事上。陈得喜喝了口水，又说，打拳锻炼身体，我从小打到大，拳打百遍，其义自见，身体好，心胸开阔，防身，一顿能吃三大碗。我心说，要好你能住医院？见鬼了。但口头还是说，是，我爸也说小时候看你打拳，老羡慕了。陈得喜说，是吧，我说第一次去你家他可热情，还拿茅台给我喝。陈得喜自顾噢了一声，又说，就你几岁时去的，现在还记得，那时你多大，现在多大，岁月不饶人。陈得喜时而兴致勃勃和我攀谈，时而又陷入自个儿的回忆，喋喋不休说着往事，漫无目的地聊，像是风的呓语，又像海的回声，最后终于陷入自个儿的语言逻辑，旁若无人地唠叨，手还刻意比画两下，我大部分时间插不上话，要能插上，就凑合说一两句。一宿未眠。

四

那时我还不知道陈得喜得的是脑血栓，等医生一确诊，报告递手上，我还晃了晃神。我问我爸说，脑血栓是啥病？我爸叼了支烟，皱着眉头说，不妙，不妙。我说，你嘀咕啥？我爸瞅了我一眼，说，你爷就是得这病进棺材的。

陈得喜脑子时好时坏，一会儿还能正常聊天，过一会儿话都说不出，两眼发直，上身一动不动，和痴呆似的。清醒时我能陪着说两句，迷糊时护士都管不住。我爸说，瞧吧，年纪大，喝酒喝出毛病了，多少年了，整个人跌酒缸里。我说，五娃啊，五娃还有爷爷呢，陈得喜这不没人管吗？我爸说，我说打电话怎么没人接，你说离就算了，还特绝情。我说，陈得喜不是也没给赡养费嘛。我爸说，就你话多。

几天来，我妈在家，我和我爸在医院，不上班还行，一上班就只剩我一人。我爸在微信的“骡子一家亲”群里发了条消息，没一个亲戚回，一天后我爸干脆把那条消息删了，别人见没见着没关系，在自个儿手机里去掉，眼不见，心不烦。我妈说，差不多得了，别整天跑。我爸说，是亲戚，叫声哥，得照顾些。我妈说，叫啥不是叫，多久没联系的人，远亲不如近邻。我爸说，递了张银行卡，里面有好几万元呢。于是我妈就不说话了。

其实我爸也去得不多，多是衬托着，没请护理，正好我闲，就一天到晚待在医院，到饭点就回去一趟。一次我妈特意带饭过来，炒土豆片、萝卜丝炒肉、煮青菜，外加个煎鸡蛋。饭两份，一份我的，一份陈得喜的。我妈说，听网上说脑血栓不能吃重口味，得清淡，萝卜、苹果啥的，对疏通血管有好处。走廊冷清，我妈捂嘴放小声音，是怕陈得喜听见，他还不知道自个儿得了啥病。我爸说是低血糖，他不信，非要看报告，只好我去说，比起我爸，他好像更信任我，我一说，他就闭眼休息了，也不追问，真是怪事。

陈得喜时常要躺着，话极少，一天不超过十个字，面对提问一般就用“啊、哦、呃、嗯”应付，和幼儿园学念汉语拼音差不多。医生得来观察，做记录，一来十多分钟，我就坐旁边跷个二郎腿瞧着，有一搭没一搭和旁边的大爷聊天。大爷是个实在人，家里人不来，费用倒是安排妥帖，还有护理，大爷开始爱拉着小护士东说西说，人家光抿嘴微笑，不吱声，大爷觉得没意思，就拉着我聊。口若悬河，道理说起来一套一套，俨然一副智者风范，就眼神有问题，看女的不敢正眼瞧，爱偷偷摸摸地看。护士进来一趟，他就去瞟人家小腿，一分钟瞟十下，只多不少。我看着好笑，他反而有理，说他之前有个相好，五十来岁，身高一米六，体重一百六十斤，做厨子的，每次去吃饭都给他多加两个肉丸，眉来眼去，算是投缘，有在一块的意思，儿子觉得对不起死去的妈，愣是不准，他一气就住院了，相好来过一次送鸡汤，见他儿子冷冰冰的眼神，自觉没趣，不再来了。大爷爱拍大腿，说起往事长吁短叹，大腿拍得啪啪响，仿若折了二十年阳寿。

我趁着有点时间回了学校一趟，校园冷清，宿舍寂静，我从校门口一路走到宿舍四楼，包括宿管在内，总共见着不超三个人。我见二毛的床铺下白色箱子不见了，大概是回来带走些东西，便立马走了。我站在床头，地板已有灰尘，在阳光下飞舞，养的花枯了一大半，半垂枝干，叶子斜斜往下倾。我浇水放阳台，小心修剪，能否活下去一切随天意。最后取了些衣物，坐了一会儿，几乎以逃跑的姿态，狂奔着离开。

大爷要出院了，其实本也没啥事，就存心和他儿怄气，他儿反而不在乎。这么长时间，只来了一次，恰好我去打洗脸水，现在想来面容模糊，年龄大小、衣着打扮，几近忘光，只记得他儿当时对着护士吼，我差这点钱吗？

也不知大爷回去后，是住洋房还是自个儿的平房，大概率是养老院，三选一，我管不着。我穿过走廊，迎面见着医生刚出402病房，医生说，回来了。我说，是。医生说，是不是亲儿子啊？老头儿都那样了，得守身边。我说，不有我爸守吗？医生打量我说，你不是陈得喜他儿子啊。我说，叔侄关系，我爸是他哥。医生哦了一声，说，圆鼻子圆脸，长得怪像的。

我爸给我发来微信，说这几天办点事，要我一直守着，我说成。在同学三人小群里，我发了几条消息，等了半个小时，二毛没回，倒是三胖接连转了几条脑血栓病人注意事项之类的链接，还附带疗养方法。临近下午，我猜想，此刻三胖大概在较远的某酒吧里刚睡醒，衣冠不整躺在沙发椅上，脚上盖了层棉被，后脑勺垫几本类似《时尚芭莎》的杂志，房间还残余未散去的冷气，他一手摸肚子，一手拿手机，时不时还要挠一下头。病床上，外面阳光横斜，陈得喜呼吸缓慢，闭目养神。按医生所说，陈得喜十多年来酗酒，饮食又不健康，身子骨极弱，糖类的以后基本是吃不了了，就多弄些维生素 C、粗粮之类的，语言训练，就得多找人说话，让他心态开朗些。医生每次说陈得喜的事都爱拉我出去，还得找个空旷地，叨叨不休能念半个小时，一次说到最后，还奇怪瞅我一眼，问陈得喜打不打拳。我猛地一惊，有些警惕，绕圈子问咋了。医生说，打不打？我说，打，早年打过，军体拳整得挺好。医生哦一声，说，怪不得我听他老爱念叨拳啊拳的，有时还说梦话，一个音，开始我还以为是钱呢。医生又说，要是太极就成了，多打拳，对肢体恢复格外有效。我说，他人这么虚，能行吗？医生说，行不行是一回事，试不试又是另一回事，得锻炼。我说，人不行，站不稳。医生说，不锻炼不行，每天一小时，慢慢尝试。我说，铁定得摔。医生说，你是医生还是我是医生？我说，您是。医生说，那不就得了，在派出所就得听警察的，在医院就得听医生的，简单道理得懂。我说，您说得对。

五

陈得喜发病一般在凌晨三四点，我的作息如同一只猫头鹰，一惊一乍，昼伏夜醒，幸好病房就我俩，没别人。

陈得喜没正面提过“谢”字，说了我也不爱听，相互显得矫情。他背靠床头，闭眼，头微仰，双手自然下垂，一股白汽从嘴里缓缓吐出，这是他最喜欢的姿势。医生说规定时间尽量翻个身，活动筋骨也好，擦洗也罢，都是要做的。我懒，不爱动，陈得喜也蹙着眉摆手，我乐得省事。他其实老想说话，嘴里酝酿，望着我，但实际又说不出，像口腔里含了块石头。我说，小事憋着，没大事就别开口，吃好喝好睡好，比啥都强。陈得喜还是望着我，一声不吭。我被盯得发毛，看个书都不自在，只能去门口。

我知道陈得喜是想儿子了。

我几次跑去厕所撒尿的时候给他儿子打电话，第一次没接，嘟了老半天对方直接挂了，大概知道我是谁，第三次是一个女人接的，操北方口音，嗓门大。你来我往，和我前五婶客气说了几句，最终还是遗憾以相互骂娘告终。等到第九次是一个男孩接的，不多说，光叫我滚，然后挂了，之后再也打不通。

昨夜下了场雨，至今未停，窗外大水漫灌，湖水上涨，交通堵塞，车笛声不绝，红绿黄彼此交错，雨水太多了，像在空中撒下一张无形的巨网，网住街道，网住城市，网住众生。我突然格外想抽烟，想着在这冰冷的雨季，哆嗦着手点燃一支温暖火热的烟头，撒完尿，洗完手，一个人待一会儿，那该是多么幸福的事。

我回病房，陈得喜还没醒，我躺在之前大爷的床上看了半个小时书，又眯了两个小时眼，醒来后旁边床上呼噜直响。已经将近早上七点了，我妈发短信说路上雨太大了，不送饭了，要我自个儿解决。我去洗了把脸，和护士说了一声，借了把伞，在医院附近买了两碗大份的馄饨，一碗加辣椒和香菜，一碗只加香菜。陈得喜吃得不多，吃十多个就饱了，我吃近三十个肚子还游刃有余，陈得喜爱喝汤，咕噜咕噜喝起来声音如打雷，医生说这是好事，他见过严重的，别说挑着吃，吞咽起来都难。

雨声渐渐停了，我低头搜天气预报，手机上说下个月还有雨。

其实我和陈得喜配合得很好，大部分时间，什么喝水、起身、揉肩，一些小动作，一个眼色，心领神会。就接尿的时候麻烦些，花个十来分钟，他还不好意思，蹙眉摆手，磨了好半会儿才肯吱声，后来能扶着去上，就让我在边上等着，后脑勺对我，低头慢慢悠悠脱裤子，能等半个小时。医生说，大叔性子要强，好事啊，运气也好，恢复得不错。他哪知道陈得喜早年的事，要稍微有些运气也不至于现在这样。

自第一次以后，陈得喜不再和我提他过去打拳的事，我旁敲侧击，极为好奇，但对此他闭口不言，无奈我也只能放弃。有时深夜迷糊睡去，梦中惊醒，听见陈得喜嘴里念叨着拳啊拳的，时而大声呵斥，时而小声嘀咕，激动时几乎要坐床而起，害怕时又哆嗦个不停，说了两句又停了，平静一时，过了几分钟又开始说，反复如此。陈得喜自个儿知道每天自觉肌肉锻炼，动胳膊、揉腿、下床步行一会儿，坚决不要我帮忙，可口齿锻炼倒是越来越少，需得我主动找话题聊，但效果不明显。人不愿开口，别人逼也没法。医生说，这样不行，得说话，不然身子骨好了，反倒成了个哑巴，坏医院招牌。我诱导着陈得喜说，但陈得喜故意不看我，头老偏向窗外，嘴巴像贴上了封条，除非生理需求开下口，其他一概摇头点头。医生几天一次观察情况，把我拉去墙角一顿批评，我是有苦难言。我有时回病房，看到陈得喜还在头偏向窗外，也不东张西望，就静静地看，不知看些什么，我问他，他头都不回。

我勉强记得在技校时选修过一门美学课，那老师也是实在，坦言说自个儿其实也不懂美学，上头非叫他上，他就干脆每天上课念诗给我们听，到点了下课，从不拖。借着一丝模糊记忆，我网购了几本诗歌。诗人丰富，叶赛宁、海涅、雪莱、叶芝、辛波斯卡都有，还有些国内的。我故意在他面前读，也不管他侧身听没听见。读得最多的是高尔基的《海燕》，气势磅礴，铿锵有力，听着就带劲儿。

整个病房就我一人照顾着，陈得喜好像也习惯我的存在，他恢复得好，我也高兴。那次从技校回来我还专门带了篮球，换上衣服，闲着没事就去医院后边那篮球场打上一小会儿，出身汗。其余时间在病房里念诗。我吃住都在医院，我爸妈也不联系我，像把我给忘了。日子一天天过，我试探着叫陈得喜出去，说了很多次他才松口。外面空气清新，楼下跳广场舞的大妈都被赶走了，只剩一帮老大爷在打太极，经过时我借上厕所这个理由溜走，陈得喜在原地一动不动，我想着能唤醒他一些打拳的记忆，但他只看，双手像打上石膏，从不比画。我失望了，之后极少再带他下楼。

六

再一次下楼已经是一个月后了，那天阳光如水，缓慢地流淌入病床，空气中飘浮着微尘，陈得喜突然向我示意，说想去外面走走。这是他几个月来第一次给我提，当时他刚擦洗完身子，我在吃红富士大苹果，刚咬到三分之一，陈得喜神情平静，态度却异常坚决，我动了动喉咙，把到嘴边的拒绝话语最终咽了下去。

一路上人流较多，待得久了，熟人不少，时不时得打招呼，我左手抱篮球，右手摇摆，见谁都得笑一笑，大多数人未见过陈得喜，好奇探下头，问上一问，陈得喜面色如故，闭目养神，仿若说的不是他。没有目标的路程是极为无聊的，我问陈得喜出来干啥，他也不开口，光瞪着我，我只好带他围医院遛了两圈，把能走的路都走了一遍，兜兜转转，带了篮球，最终跑去篮球场。

汽车停放，人来人往，几百平方米的地方，留下能活动的不到一半，一群小孩在那儿打球。我把陈得喜安顿好，东西放在一边，自个儿带篮球去，小孩们爱朝我这边张望，球都不打了。我们各占半场，我特地投了几个，运气不错，都进了。我始终留意陈得喜，他在视野内啥也不做，就远远看着，水都不喝一口，我放下心，继续打。后来那群小孩出了一个代表，跑来说要比赛，就斗牛，我说三对一，他们不让，非要一对一，被我赢了几次，最后集体围攻我。

打了几个小时，小孩们陆续被家长叫走，我也累了，去医院外买了碗大份的青菜瘦肉粥，吃完又给陈得喜带了一碗，另还买了一袋橙子，回来后，周围人群如常，唯陈得喜不在原地。

空气骤地冷了，我忍不住打了个寒战。微风拂动木叶，树枝摇晃，沙沙作响，渐渐压过了人声，池塘上数只蜻蜓扇动翅膀，低处轻点水面。我看到眼前有白光晃了一下，刹那间失明，过了几秒，耳边响起轰轰的雷鸣，等我视力再次恢复，周围一下子好像都空了。这场雨像是铆足了劲儿，豆大的雨点从天空降临，不要命地以俯冲的姿态砸向人间，人在地面，如同水中被惊扰的鱼，倏然快速动起来，怒骂声、抱怨声、呼喊声，夹杂在一块，人群攒动，纷纷向医院大楼跑去，极少人带了伞，却也抵挡不住狂风骤雨，脚步不觉加快，拥入最前方的人群之中。

我四处跑，我的短袖已被浸透，头发濡湿，脸上一片冰凉，可我还没找到陈得喜。我呼喊着，大声叫着他的名字，可周围都是喧嚷的人群，谁也不会理我。雨声太大了，也太漫长，长至每一分每一秒都已丧失意义，我一直跑，脑子一片空白，鞋子里灌满了水，沉重而黏糊。也不知跑了多久，后来，我终于看到陈得喜了。

他在医院楼不远处一片空旷的草坪垂首伫立，没有打伞，大雨满溢天地之间，他好像浑然不觉，全身湿透，像根木头，笔直立着，一动不动。这时的草坪早已没了人，植被低头，动物隐匿，我的视线里只剩下他一个人，我呼喊着，努力靠近，大声叫：

"陈——得——喜，陈——得——喜——"

冰冷的雨水冲进我的口腔，我的喉咙内像被刀割一样疼，我好似失声了，雷鸣和雨声盖过了世间所有的声音。大雨已经灌到我的小腿位置，沿道两边的排水渠沉在水底，我不断地走，艰难排开水的阻力，但始终没有靠近他。

陈得喜沉静得像是睡着了，后来，大约过了十分钟，他浑身一颤，臂膀动了动，似乎是又醒了过来。他慢慢仰起头，站直了，挺胸收腹，双腿屈膝，两脚与肩同宽，他的双手藏于腰间，握成拳头形状，倏然，一只手有力地向前旋转冲出，先右手，后左手，他打得不快，一分钟大概十次，但极为认真，双脚扎根在草坪之上，泥水淹埋住他的鞋子，他似乎每打一次都耗尽了全部的力气。我隐约记得这一式有个名称，叫“弓步冲拳”，是军体拳十六式里的第一式，为最基础动作，重在沉稳，须有耐心，同时每一拳挥出都要有打败对手的冲劲儿。可哪有什么对手呢，草坪上，视线里，只有陈得喜孤零零一个人不断挥出拳，面对空荡荡的前方，半空中的大雨，天上的闪电雷鸣。

大雨倾盆，已经漫至我的膝盖，塑料袋裂了口子，橙子滚落，浸入水底，早已不知所终。我不再喊了，我想他也很难听得见。闭上眼，想象在一片丛林之中，水如灌木，隔绝了周遭一切，人如孤岛，困于其内，灰熊、老虎、毒蛇，凶禽与恶兽相继围攻而来，人不断挥拳搏斗，所有的苦难与厄运，要么把拳头包裹吞噬，要么在一次一次挥拳面前粉碎瓦解。

雨缓了下来，陈得喜好像累了，动作渐停，双手无力地垂下。天空辽阔无边，阴云翻涌，缓缓向下围拢。他抬起头，也许是太冷了，我看见他的双腿在打战。我也有些累了，转过身慢慢地走，只想好好回去换身干净衣服，洗个温暖的热水澡，然后躺在柔软的床上安稳进入睡眠。离大楼还有上百米，我努力使全身都动起来，脱了短袖，赤裸身子，浸泡在水里，门口台阶上站立着焦灼不安的人群，每个人的神情都那么焦急，像是在等待着什么，又那么的默然，一声不吭。突然，我昏昏沉沉的脑海里，传进一声很短促的嘶吼，像是压抑许久后一瞬间爆发出来。

我停住，拼尽最后一丝力气扭头去看，雨幕中什么也识不清了。云层积蓄，捂住阵阵雷鸣，我抬头，突然格外期待天边能出现一道巨大的闪电，伴随那抹声响，把全世界都打亮，可等了很久，始终没有。四周万籁俱寂，唯有雨不止不休。

书法家

书，心画也。

——［西汉］扬雄《法言·问神》

一

毕业前我学的是化工材料，从化工技校出来后，罗团结安排我去当保安。

罗团结四十九岁，是临街一所小学的“老保”，再过几个月就五十岁大寿了，知天命。自我出生起他开始干，到现在我已二十岁出头，这么多年，我都不爱和他一块上街。学校有时发不出工资，家里财政多靠我妈撑着，罗团结也不管，一天到晚就爱坐在他那保安室犯困，屁股黏在掉漆木凳上，和坐月子似的。

我妈埋怨了罗团结大半辈子，在罗团结最后一次苦口婆心劝说我当保安时，她的情绪终于爆发："你自个儿没出息就算了，你当保安，还拉上你儿子，年纪轻轻，以后哪个姑娘愿意和他在一块！"

我妈被气进了医院，两人较了几天劲儿不说话，这段日子我去送一日三餐。我妈从小笃定我是会有出息的人，她更笃定的是我找对象这事，按她的回忆，我小学时成绩样样拔尖，班上女同学常来我家串门，现混个保安，且不说那三流学校老破小，几十年没装修过，年轻人好歹也得去个有前途的地方做，这样对象也好谈。我妈早年的期望在我踏进化工技校的那一刻开始慢慢破灭了，延续到今天。我也说我不想当保安，想先看看还有什么合适的没，他俩明面上老念叨，一个在医院，一个在家，我不吭声，全当自个儿是隐形人，后把送饭这事托给罗团结，我连续几天窝在屋里翻出小学时常打的游戏玩，到饭点家里没人，就中晚两顿下些白菜猪肉水饺对付，我家这栋旧筒子楼的电老跳闸，后来游戏一上就卡，一卡就死，无限命也打不下去，家待不下去了，我干脆整天就在街上瞎晃悠。一次正好被罗团结看见了，说这也不是个法子，便瞒着我和我妈愣是把去保安室当保安的事给敲定下来。

我太无聊，索性去了。干了几天一切顺利，学校门口的保安室环境还行，大热天有个小空调，安在墙壁上呜呜地吹，桌上摆着报纸、茶叶包，要想泡自个儿拿。在学校当保安没啥事，只要看见领导来视察，我就穿着一蓝色制服，大热天提前站门口左右晃悠，和学生装模作样搭两句，等领导走了我再回去，时间一长领导都觉得我人老实，认真负责，关心学生，看我眼神都不一样，除了没涨工资，什么好话都给罗团结说了。他很欣慰，对我说，你好好磨磨性子，以后还是有出息。我当时没吭声，心想老子如今混成这样，有你大半的功劳。和我一块共事的两人爱围桌子打牌，打了几个星期，吸引周围一堆学生，被领导一次抓个现形，领导驱散学生，批评两句，说影响不好，于是他们就钻到桌底下打，窗户前看不到，我一新人和他们聊不来，掺和不进去，着实闲得慌，看到每天送报纸的来了，就盯着每天早晨送来的报纸看，看完了新闻就看广告，看完广告就看书法，报纸有个栏目叫“艺术百家”，每一期都有一位书法历史名家，上期是颜真卿，这一期是黄庭坚，报纸除了附一小段人物生平外，就是绿豆大一竖行一竖行的铅字，有些字因为印刷缘故糅成一团，正好给我打发时间来猜，有时看着不自觉就手指蘸茶水在桌上描摹起来。

小时候我妈逼着我练字，说我爸就吃过没练字的亏，具体也不多说，可我骨子里就缺乏艺术细胞，练了几年都没效果，费钱花时间，字一天比一天丑，考试时老师扣我卷面分扣习惯了，后来一批卷见我名字直接先算九十五分，余下再看答题对错，好在我数理化还行，我妈看我听不进去，但升学时又升上去了，才不再过问。

回到家我把高考那段时间攒下的空本子全翻出来，一共三十来本，都是崭新的，罗团结也在，问我干啥，我说，你别问，管不着。罗团结愣了一下，没说话。这几天我一直刻意避着他，对他贸然帮我做决定这事心里还存着气，也避着去医院，不知怎么和我妈说。过了会儿，他又开口，在医院你妈说了，就谈女朋友这事，你不着急她着急，多大人了，换我们那代抱娃都不稀奇。我说，有什么好急的，再过个十年都不晚，现在早着呢。他于是不说了，起身进厨房炒菜，我把保安服脱了，洗了个澡，换身衣服，顺手想把他那身保安服洗了，他挡下我，说不用。他穿他那件保安服早穿习惯了，一年四季，上下班出门买菜都懒得脱，而我还一直穿不惯。

趁做好晚饭的空当他出去交电费，顺便给我妈送饭，这天饭凉不了，等他回来还热乎，俩人仨菜，炒土豆丝、酸菜肉泥、鸡蛋羹，我一个劲儿挑盘子里的瘦肉，把酸菜和肥肉都扒在一边，他直皱眉，说我挑，从小惯成的毛病，我不说话，罗团结顿了一下，念叨菜涨价的事，说，鸡蛋以前四毛，现在居然五毛了，以后还得涨。我听得烦，说，你怎么变得和我妈一样啰嗦了，还没完没了了不是。罗团结装了碗饭，说，我是你爸，爷俩聊会儿天，告诉你保安不是那么好当的，钱也不好赚。他抬头看了一下墙壁挂着的钟，说，就这一会儿，你妈的饭应该吃完了，待会儿得去拿饭盒，你去不去？我说，你去。他点点头，要给我舀一勺鸡蛋羹，我没接，碗躲了过去。

二

自从将本子带到工作地，我就一心迷上了描摹，饭都忘吃，还将保安室一年来的报纸全翻出来了，一个个分开剪下来，用胶水集中贴在一个大本子上，盯着字，手先在脑海里走两遍，铅笔细细地描一遍，最后在一个新本子上依葫芦画瓢，一对十五，大本子上一个字，小本子上写十五遍，难写的就二十往上走。领导几次来视察，太阳下没见着我的影子，就转到室内，我当时正摹黄庭坚，没看到领导在身后，领导倒没批评什么，瞟了两眼，只叫我不要玩忽职守，因小失大。我当场站起来给领导背了两遍保安守则，正着背一遍，倒着又背了一遍，领导点点头，叫我坐下，我瞥见另外两个人正一个倒茶一个搬椅子。领导从不长久在我们这儿逗留，摆摆手，很快离开。

和我一块的两个人二十岁出头，也是来混日子的，他们打牌不发声，靠手上动作，学生和老师进来，只要不是领导，就不起身。

上下学是人最多的时候，我常能见到教学楼的学生耷拉着身子进去，又驼着背出来，拿个饭盒背个书包，没水了就从我们这儿饮水机接点水，话也不哼唧两声又出去，当我们仨是纯摆设似的。我隐隐能认出是哪几家的小孩，叫不出名，熟面孔，就住其他楼栋，一条街的抬头不见低头见，但没交集。也有其他街的，外来的也有，他们一过来接水我就低下头，假装练字，我曾回去问罗团结，一说起谁谁谁的长相，他一脸恍然大悟，拍大腿，说，这不就是住隔壁那家的吗，不是周家就是王家的人。我说，都是些小孩，你怎么人认得这么齐？罗团结说，可不吗，他们家长有几个跑去各厂间当保安还都是我找的路子，木料场、糖精厂、化工厂都有，四海之内皆兄弟。我爸一说起牌友就起劲儿，掰着手指头给我数。我说，行了行了，也不嫌烦，谁爱当保安谁当去。罗团结说，都是没办法，退了休不干点保安干啥，家里几张嘴呢。

第二天我到保安室，索性将饮水机摆门口边上，他们一进门就能接，我又搬了一把椅子，面朝窗子，背对门口，一抬眼能见到校外的马路。

我们学校保安是固定班，分两组，罗团结在另一组，我一三五，他二四六，周末都休息。我一次周末去医院，我妈其实没什么事了，就不愿回去，说家是狗窝，宁愿住医院，我和罗团结像俩门神站病床两边，护士来换药，一身白色职业装，戴着白口罩，露出一双明亮的眼睛，头上护士帽也整整齐齐，说，阿姨，这是你儿子啊。我妈抬头，张嘴喊了一声小黄，比叫我还亲近。我妈说，对，是我儿子，给你说过几次，刚毕业，还没工作，你看这一没啥事就来看我。护士看罗团结在一旁削苹果，又说，这是叔叔吧，几次看到给你带饭。我妈瞥了一眼，没吭声。护士说，其实我也刚毕业没多久，就先实习。护士换好药，掏出张表格递给我，说麻烦签一下，登记信息，我说罗团结不是签过吗。护士愣了一下，说那是团和结吗，又稍微低了下头，说不好意思，那一份签得有些乱，看不清字。我签时瞥了一眼罗团结，他好像没听见，头撇向窗外了。

月末，我的铅笔芯用完了，凡是保安室能用来写的纸，也全都密密麻麻塞不下一个字，我再舍不得，也得去买。好久没走的一条路，顺着街走下去是一条狭小未修成的水泥路，当初街上人不听劝，不等水泥干就在上面乱踩，而今坑坑洼洼走得脚生疼，半路上，我靠着树，左边是太平小学，右边是树，我掏出十几张写满字的纸，垫在鞋子里，先垫左脚后垫右脚，趁这当儿，我就到了六七年没经过的太平小学门口旁的小卖部，我当初上学时这里有两家，现只剩下一家，另一家门面换成了理发店，新砖新瓦大白天还闪着灯，里面有流行音乐传出，几个染着头发的年轻人穿梭其中。

小卖部没啥人，我进去挑了两种本子，分别是小熊维尼和蜡笔小新的封面，还买了搁在角落的一筒中华铅笔，沾了不少灰，我吹了吹。结账的还是那个老板，秃了顶，坐在小板凳上拿了个小学生爱用的小吹风机吹头，他问，买个自动铅笔吗？送笔芯的，现在学生都爱用。我说，不了，中华的挺好，自动的我用不惯。老板说，那行，便宜点给你，再给你个塑料袋，反正没人要。我结账前又拿了瓶水凑整，正好二十块钱。出小卖部我听到有人喊我名字，一开始我以为我幻听了，这小学门口哪来的熟人，我念了六年，一甲读到六甲，一毕业后早不知所终了。可我的确也没听错，是在喊我，嗓门儿大得惊人，我顺着声音一眼就瞧见那家理发店，台阶上，一个看起来二十岁出头的年轻小伙子正朝我拼命招手。

年轻人说，老同学，进来坐坐。不是疑问句的语气，我看他确实一副认真的表情，就提着东西进去了。年轻人比我高半个头，大概一米八，脸上胡楂儿没刮，戴了个蓝色鸭舌帽，穿了件蓝色短袖，配蓝色镶白条的运动裤，要不是他头发染成黄色，整个就一活脱脱的蓝精灵。刚进了门我一仔细打量就认出他了，原因是他戴着个银手圈，我只在小学同学孙涛手上见过，一想到这儿，顿时豁然开朗，脱口说，这不涛哥吗，不喊我差点绕过去了。孙涛嘿嘿一笑，搓着手说，你小子还记得，我他妈还以为你忘了。孙涛试着揽我的肩，我有些惊讶，小学时不熟，我坐第一排，扣了卷面分也是优等生，他坐最后一排，整个六年就贴着个差生标签。

店里没什么人，大概白天清闲，街上人都上班去了。我环顾了一圈，音乐声有点大，我也跟着扯开嗓门儿说话，涛哥还是牛啊，开了个理发店，自主经营，自负盈亏。孙涛笑了一下，说，老同学你是在嘲讽我吧，替人打工呢，这店是一离了婚的女人的，我爸还在屋里躺着，下不了床，有一屁股的医药费等我还。我说，你妈呢？孙涛说，离了，要换我是我妈也得离，现就一拖油瓶，什么玩意儿。孙涛从裤袋摸出支烟，说到头来还得靠自个儿。时间早，没生意，理发店另外几个年轻人在打牌，桌上放三五块钱，上面压着钥匙和烟盒，孙涛和我倚着墙，他递给我一支烟，我说不抽，他于是放回盒子里。

后来我俩零零碎碎聊了许多，都是过去的事，孙涛聊到小学同学，谁谁跟着爸妈做生意，谁谁去了国企，谁谁考完大学还要跑国外去深造，说到这些似熟非熟的名字，孙涛如数家珍，喋喋不休。我惊讶他的记忆。他说初中待了三年，睡了三年，同学一个不记得，出来做事后，能记得的就只剩下小学同学了。他问到我，你现在在哪儿混？这么多年，整个圈子我就不知道你的消息，我还以为你出事了呢。我犹豫了一下，说了我所在学校的地址，具体干啥没说。孙涛眼睛发亮，狠抽两口，一把抓住我的手，兄弟，混得好啊，都教起书了。他接着又沉默了好一会儿，我也不知道说啥，这时有人进店喊剪头发，打牌的几人屁股没动，孙涛只好赶过去，喊着来了来了，临走前，他撂下一句话，清清也住附近呢，小学老追着你打的那个，也刚毕业，好像在医院实习，改天咱俩一块去看看。

孙涛念旧情这性子一直没变，按他说的，这么多年，同学多数都没见了，有搬走去北上广的，有出国的，留在街上的就剩下那么一两个。他说黄清清是为数不多一直留在太平街的。那次聊天后半段他反复提起“清清”两个字，姓都不喊了，我勉强才想起这个人名，应该是同班的，具体发生过什么却记不清了，这不奇怪，我记忆向来这样。

生意陆陆续续地来了，我看见孙涛吆喝着客人坐下，他动作麻利，一面帮人系围布，一面去拿剪刀，忙个不停，我打了个招呼，告别声消弭在嘈杂的流行音乐中，也不知在各种师傅师傅的喊话声中，他有没有听见。

三

一段时间过去，孙涛的事慢慢淡了。我循规蹈矩，一上班就兴冲冲跑去练字，保安室俨然成了我个人的书法室，练完回家，满脑子里想着黄庭坚和颜真卿，一次我和罗团结吃饭，一不小心说漏嘴，脱口说了一句，黄庭坚没意思，字刻板，都写不开，不如颜真卿来得有劲儿。说完我自己都愣住了，对面罗团结也停下碗筷，呆呆地盯着我。后来我俩都没再说话。

吃完罗团结去洗碗，我坐在电视机前看电视，看了几分钟就关了，满脑子还是黄庭坚和颜真卿，一面想着一面去上厕所。我脱裤子撒尿，罗团结在洗碗，我听到除了水流声外，还有一股声音往耳朵里塞，是人在讲话，隐隐约约，时断时续。

黄庭坚生在北宋，经济文化啥都好，一生跟着苏轼，学书法，学性格，爱游山玩水，最好的行书《松风阁诗帖》也是写山水的，讲究意蕴。颜真卿也写行书，但活在安史之乱，到处逃难，亲戚朋友一个个死了，写出了《祭侄文稿》，两者怎么会一样，人有情绪，写出来的也得有情绪。字各有各的意思，他们就不是一类人……

等我出来，罗团结还在洗碗，水流哗哗地响，顺着水龙头砸到一个个碗上。罗团结背对着我，我走过，他没有回头，好像刚才没有人说话。

电话打过来的时候，我独自一人在保安室摹字。说来奇怪，我本无意摹黄庭坚，但前两天的那一段话老在我耳边响起，我不由自主就瞟上了报纸上那豆大的黄庭坚作品。昨晚喝了点酒，今早还没醒，摹的分明是黄庭坚的《松风阁诗帖》，写出来的却有米芾般的飘逸。

我接通电话，响起的是一个女孩的声音。

有空聊聊？

我摹在兴头上，刚有点黄庭坚米芾二老附体那感觉，被打断心里不高兴，我说，不好意思，真没听出你是哪位，你要没事晚点再打，我忙。她在电话那头笑了一下，声音传来，说，罗团结的儿子忙啥呢忙，不是刚毕业还没找着事吗？我听到她说出罗团结的名字，一下警觉起来，说，你谁？

上次在医院不记得了？要不是你签名，我后来记档案时瞟了一下，还真就认不出了。

我一下子想到了那个被我妈亲热喊作小黄的护士，喊人跟喊狗名似的。我酒一下醒了大半，突然手机振动了一下，来了一条短信，是孙涛的。大意是找个机会仨人聚聚，吃个晚饭。等我回完短信，电话那头早已经挂了。

我见该值班的两人还没到，找人打听，门口扫地的大爷瞥了我一眼，说，都离职了，一人被他老子调去学校当体育老师，要办手续，一人上班打牌，卷铺盖滚蛋了。我说，老师不得有证吗，怎么几个星期就弄到了？扫地大爷翻了个白眼说，各有各的圈子，我就一扫地的，不打听领导的事！我默默无语。等领导来，我提不起多大兴致打招呼，领导倒是对我一阵嘘寒问暖,说这段时间就我一个了,叫我好好坚持坚持。

我有些发蒙,又摹了一段时间,手上提不起劲儿,想到罗团结说黄庭坚和颜真卿不是一类人,但我又觉得两人有相似之处,仕途不顺,跌跌撞撞,多生悲剧,我突然又想得更远,什么苏轼、欧阳询、文徵明等就是如此,这好像是自古文人冥冥中的命运。我心中顿时涌出一股莫名的情绪,说不上来,梗在心头,连续喝了几口水都下不去,又起身去泡了杯极品铁观音,真假不知道,茶包上写的。

等我缓过神,领导已经走了。桌台上铺满了纸,纸上是密密麻麻的字,我写不下去,又喝了口茶,一不小心水倒在纸上,报纸上的黑点顷刻糅成一团,铅笔写的渐渐模糊,直至消失不见。我慌乱起身擦拭,窗外有几个学生好奇往里张望。我给窗户关上了。

保安室只剩下我一个人,一领导要将罗团结调来和我做同一班,说什么打虎亲兄弟,上阵父子兵嘛,但不知什么原因,一直没调。发工资后,我想买一本完完整整囊括宋四家和赵孟頫、鲜于枢等人的《宋元书法家名帖全集》,但在柜台找了半天没找着,销售员说,最后一本卖出去了,这玩意儿销量少,利润低,以后都不进了。我说,你们这儿不是号称百货超市吗,一本字帖都没有,算什么百货。后来那女销售员叫来楼下两个保安，大概都是五十岁的老保。销售员说，别惹事，我们还要正常经营。我还想说什么，没等我开口，其中一个老保突然说，这不罗团结他儿子吗，都是一个圈子的，抬头不见低头见，没什么事就走。他接着又说，罗团结在这个街上这个圈子混了那么多年，以前一块喝酒，老跟我们吹你多么多么有出息，我们以前也算看着你长大的。我打量他两眼，看到他在偷偷看我那身蓝色制服，我转身打算走，临走听到他在和旁边的人嘀咕，不知道说啥。

我回学校保安室，气闷心烦，脱下外衣丢在一边，又将那些豆大的字整整齐齐摆出来，一个一个用力地摹，有几个字写快了，纸张被我划破了两层，我一面写，一面骂，关掉窗户，将该说的不该说的痛快发泄出来。写了一整天，带的饭都忘记吃了，只觉得神清气爽，我给罗团结打了个电话，说有些事处理，就不回去了，这几天都睡在保安室，顺便通知他和他同事，这段日子的班我带了，反正领导也不知道。一连好几个星期，我关掉手机，就给罗团结每天报个平安的时候开一下，这是他和我通话后，强制我唯一要做的。电话那头欲言又止，也不知想说啥。我饿了就点外卖，困了就将就躺在沙发上睡，也不洗澡，全天小空调呜呜地吹。我练得如痴如醉，全当是闭关，好像张无忌练九阳真经或是郭靖练降龙十八掌，领导忙，也不管我，我又一次成为隐形人。

其间发生了一件不大不小的事，我妈给我安排相亲，时间地点托罗团结告诉我，我假装答应，但没去。我妈反复，说她见过，挺秀气一女孩，我忍住没杠出声，心里想，啥人都见？我是公安局查户口的？秀气？再秀气能比得过王献之、赵孟頫的字吗？都说古质今妍，我看是反过来了。

有时候我写着写着就爱发呆，要么直愣愣盯着字看，要么就盯着窗户看映射出的蓬头垢面的自己，坐在保安室，就我一个，我肚子像胀了一股气，顺着脖子憋到喉咙，出不来，想喊，怕人听见，压在嗓子里又分外难受，越难受越要写，写一会儿停一会儿，越写越快，最后犹如挥毫狂草，尖锐的笔锋想掩也掩不住。我以前老觉得当保安不是个好事，没钱，亲戚朋友也避着，自个儿和社会环境脱节，出门办事人家都不带正眼瞧，慢慢地我也发觉当保安也不算是一个极坏的事，不偷不抢，正常职业，其他都不好说，就一个好，清闲，基本没人找，另外胡思乱想的时间够多，我最近发觉技校学的那一套都忘得差不多了，一个好端端的工科生，现脑子净想黄庭坚、苏轼、蔡襄，点的外卖，都不知道吃的是菜还是字，一块好端端的排骨，在我眼里成了“中”。

我开手机后，第一时间是回去洗了澡，然后刮了胡子，看到显示来电十几个，都是孙涛的，我当时都没接到，现在回过神，疏于人际关系太久，也没有主动打过去的欲望了。

我换好衣服，正好孙涛打过来，象征性寒暄了两句，谈了下理发店和黄清清，孙涛说起打电话没接这事，语气带有埋怨的味道，也不知埋怨啥，还一个劲儿说我错过了和黄清清一块聚会的事。

取消了，听黄清清说她第一次打你号码你还没吭声，后来她就挂了。你也太没意思了，是老同学，得多说话，好歹是点意思。孙涛说。我听到电话那边断断续续的咳嗽声，他说是他爸，还在床上躺着。于是我俩又聊了一下他爸的事，通完电话，罗团结刚好回来，手上提着筒子骨和萝卜。他看了我一眼，说回来了。我没搭话，把毛巾拧干挂好，然后他放下手里的塑料袋，开了火，系好围裙，开始做饭。

吃饭的时候，一开始我俩都没说话，各吃各的，筒子骨汤很香，估摸不便宜，吃到一半，罗团结突然抬起头来，说，回来得及时，知道是你老子五十岁大寿，你妈还在医院吃了蛋糕，给你留了半边，上面带草莓，还有几块巧克力。我愣了一下，想到今天的确是他生日，冥冥中好像有感应似的，不说话，又舀了一碗汤。罗团结说，医院真就拿人当提款机，光是躺着，钱也花得明明白白，过两天我就把你妈接回来住。我不说话。罗团结说，你妈问了我几次，我也不爱掩，就你和我一块在当保安，要说这事吧，瞒也瞒不住。我抬头看了他一眼，知道就知道呗,还能怎样,我看了他几秒,他低头在吃萝卜,我突然想到孙涛他爸,就说,我有一朋友,他爸也没钱,躺床上吃政府救济,你要也想,我就去问问,看这程序怎么走。我原想着罗团结会答应,想不到他脑袋摇得像拨浪鼓,声音还大,说,救济有啥好吃的!也是有脸有皮的人,坏了脑袋才去,残疾人才领东西,我他妈有正当职业。我没说话,继续喝汤,去厨房放碗筷,看到搁在旁边的塑料袋里有一个本子,放了有段时间,上面还弥漫了一股葱蒜味,我随手拿出来,上面清清楚楚写了几个加粗的大字:宋元书法家名帖全集。

四

掐指头一算,我来保安室的时间不短了,前一段时间,好好的三人聚会因为我取消了, 孙涛后来又安慰了我一番,黄清清许久没来电话了。孙涛说是因为她医院事多,忙不过来。

清清是实习护士,也不容易,光是这一区域就有十几个实习护士,最后得走一大半,能留的,不超过三个。孙涛劝我体谅黄清清,我倒是没什么,倒是孙涛反复"清清"两个字地说,和头一次见他嘴里念叨的一样。

天气降温很快,我带了秋衣放在保安室,练得久了,眼睛疲倦,得多滴几滴眼药水,怕认错东西。我极少出门,秋衣穿的机会少，每次练得热气腾腾，差点要脱衣光膀子。《宋元书法家名帖全集》不错，我练得顺手，每天回去前都宝贝似的搁在桌子最底层的抽屉里，就差上把锁。罗团结风湿犯了，请了几天假，领导不准。他不像我，敢把领导的话左耳朵进右耳朵出。于是我索性跟领导讲，将他的上班时间包揽在我身上。现就差一场雨，正式宣布酷暑的结束。

我坐在窗头，灰尘不要命地往玻璃上撞，起好大的风，从那一点缝隙中我嗅到了附近皮革厂的味道。孙涛坐我旁边，叹口气说，该来的总会来的。说这话时他俨然不像个剃头匠，反倒像个诗人。几个月来，我见证了孙涛从刚来我这儿的拘谨到轻车熟路，他对我干的事也没特别吃惊，就一没啥事爱往我这儿跑，泡茶续茶，趴桌上打鼾，一切都昏昏欲睡，他过得比我还像个保安。

我跟他说起练字这事，他反而觉得理所当然。你是书法家嘛，他说。这话把我吓了一跳，我遮他口，瞎说什么，八字还没一撇，我就拾一铅笔头，外加几支水性笔，写写字，还真成那什么了……我不敢说出“书法家”三个字，觉得这仨字有种莫名的魔力，令我敬畏。孙涛说，我每次搁你这儿，就看着你写，茶都不帮我泡一杯，还是客人吗？要我说，我辞了我那工作，也来当保安得了。我说，我这不忙嘛。他说，得，我来了就一观众，你表演，我坐边上看，说话也不应，要我说，把黄清清也叫上，让她来看看，从小学毕业，你俩都多久没见了？我把我摹的和写的两张纸贴在窗户上慢慢叠在一起，两者渐渐重合，我把脸贴上去，看到了外面干燥的风和沙，偶尔也能直到一两个学生的身影，弯腰弓背，踉踉跄跄走在路上，有一个男孩子的书包拉链没拉好，书纷纷掉出来，他蹲下来伸手捡，拍书上的泥土，旁边同行的女孩递湿纸巾，然后两人对着矿泉水瓶口洗手，水瓶空了，向封闭的保安室可怜巴巴地张望。我起身，打开了很久没打开的门，像那个扫地的大爷一样，扯着嗓子说话，要接水快进来，只剩下一点了。

也就是在这两天，我终于再次见到了黄清清。

那天是接近黄昏，太阳已经落山，学生纷纷走出校门。她穿了件枫叶色的外套和棕色裤子，系了一条奶白色围巾，没有戴护士帽，短发披下来，直至耳垂。她站学校旁边，贴墙垂着头，偶尔抬起来几次，往大门里头张望，像是一个接弟弟的邻家姐姐。

孙涛站在我旁边，点了支烟，说，瞧，你这么久第一次见，认不出来了吧。黄清清是孙涛好说歹说约出来的，我也就半推半就答应了这次聚会，虽不是第一次见，但我真有点没认出来，黄清清摘下口罩后，脸小，显得眉眼细而直，瞳仁极黑，活像砸在雪地里的两块煤球。孙涛朝她招手，他手上还夹着烟,火星在黄昏中一闪一闪,像是小时候使的荧光棒。

黄清清走过来,她对我倒是果断,瞅一眼,以肯定的口吻喊出我的名字:罗小小。

正好下班,我说,你们先聊,我去收拾一下。我把桌案上的字帖纸笔仔细收拾好,和写好的那半页一起放入最底层的抽屉,将窗户拉紧,该关的设备都关好,椅子摆回原处,最后又把门锁好。等我出来,他俩还在门口站着,黄清清站在一边,孙涛不抽烟了,也老老实实跟旁边站着。我说,走,弄点吃的去。

黄清清好像忘记了那次我电话里没出声的事,我也就没提了。我们仨走在路上,进入一条小巷,她的话很少,而我本身就是一个话不多的人,练字后更趋向于内敛,说话的职责全落在了孙涛一人头上。他一面和我说,一面又和黄清清说,结果只剩下自个儿干乐和。黄清清不爱回头,只顾往前走,不搭话,也不知道有没有听到。我系了一下鞋带,眨眼两人已经多走了十几步,孙涛就跟着黄清清的步子,一大一小两个背影渐渐融入小巷两边昏黄的街灯之中,像大小写的"i",更像笔画里的竖。我突然想到唐朝张怀瓘的《书断》:其触类生变,万物为象,庶乎《周易》之体也。大致就是说世间万物一草一木,哪怕一人一尘埃都可以作为意象,立象以尽意,从意象中感悟掇取,从而形成意蕴,成为笔下书法的一部分。我又想到黄庭坚曾说:“余寓居开元寺之怡偲堂,坐见江山,每于此中作草,似得江山之助。我恍然觉得黄老写书法大概就达到了“万物为象”的境界。

其实也没地方去,随便在街边摊找了一家吃铁板烧。黄清清吃得很少,鸡柳拨一边,光夹了几根面条,孙涛在旁一个劲儿地说多吃,她把她那一份推到我俩面前,说,你们吃。然后她拉椅子起身要去找家水果店买点水果,我刚好吃饱了,就和她一块去了。在一家水果店,我等在门口百无聊赖,看到窗户内她仔仔细细挑选每一样水果,很认真地询问老板,皱着眉头反复对比,在价格上磨蹭。等她出来的时候,手上有了一个大塑料袋,满满当当,放的多是梨,大鸭梨、香梨、皇冠梨多多少少都有一些,她伸手进去拿出一个递给我,说,喏,吃个,这家我常来,梨比其他家甜,今儿一看,进了不少新的,均价都涨了。我接过用袖子擦了擦,咬了一口,的确不错。她说,我在医院做护士,要照料的病人多了,想喝水却走不开,就吃梨,汁多,补充水分。我说,那敢情好,古人也爱吃梨,我之前看资料有个叫王献之的,就王羲之他儿子,也爱吃梨,还专门写过《送梨帖》。黄清清愣了一下,停下来仔细打量我,半晌,她很认真地说,罗小小,你和小学那时不一样了。我说,我小学哪样?你说说。她摸出个梨,狠狠咬了一口,没搭话。

五

黄清清爱吃水果，孙涛隔三岔五就跑去医院送，病人家属送得也没这么勤。不知道为啥，我心中有些不舒服，化作一股气铆足了劲儿窝在保安室里写，领导来了我也装聋作哑，对什么都不管不问。一次孙涛来，看了我的字，很认真地说，老同学，我怎么看你这字里有一股狠劲儿，可别冲着了。我说，没事，最近在吃梨，书上说是性偏寒，伤脾胃，我缓着点。可能是孙涛的黄毛引人注目，加上一米八的高个儿穿上那款蓝精灵似的衣裤，慢慢吸引了一伙学生围观，小孩们也不敢靠多近，就围在保安室外，课间去操场做操，路过时脱离班队，就好奇往里面瞅一眼，孙涛倒是没说啥，反而乐呵呵地挥手致意，引得小孩们又一阵活蹦乱跳，领导批评我，说，罗小小引闲杂人等入校，扰乱学校秩序。我当时心中不高兴，也只得在心里憋着，口头上保证不让孙涛进来了。我对孙涛说，你要这么闲的话，就好好去学学理发，正儿八经的理发师也不是好当的。孙涛说，我也想啊，可店又不是我的，上面老板压着，我再怎么剪也捅不破这天，胡乱混口饭吃，相互理解。

鬼使神差地，我把这事在饭桌上和罗团结说了，其实本没必要让他知道。罗团结倒是平静得很，说，年轻人性子浮躁些也是正常的，这和个人性格、家庭关系等方面也有关系，但正当做一件事，把它做好，还是得沉下心。我有些惊讶地看着他，自从我妈被他气进医院后，他性格好像变了些，话也变了，说不出，道不明，让我捉摸不透。他好像意识到自己说多了，夹了块鸡蛋放在嘴里嚼，低下头不说话。从我的视角看，他还穿着那身保安服，这身一米八穿的制服，在他一米七的身躯上倒显得无比妥帖。我突然想到，要世间真有宿命，那么保安于他，算不算命中注定的事？想了半天，也没想出答案。

洗碗时，他开了水龙头，挤着洗涤剂往盘子上倒，但手上力气不够，倒了几次没倒出来，我抢过来，摇晃了一下，一点点液体从瓶口流出来，落在盘子上。我也是服了，他这点力气都没有还干保安，打起架，怕是中学生都抵不过。罗团结还掩着说，早年落下的毛病。要问起早年，他又一句话不吭，光会谈些“保安圈子”。我站一边，罗团结背着身费力洗碗，开大了水龙头，水流声很大，水用力地冲洗碗筷，抹去盘子上的污迹。他嘴巴很细微地动了一下，有点急促，随后又快速地擦盘子，手臂半青半红，血管鼓起。

孙涛还是时常会来保安室看一看，若他不在，大半可能跑去医院看黄清清，或者在理发店漫无目的地等着下班，他说他不爱待在家里，乱就不说了，还脏，房子老破小，就一单间，整天躺着那人就占了大半，拉屎撒尿，啥都要人扶，每次进屋看一眼，都觉得背上无形中多了一座山。不知是不是错觉，越来越多的学生会带着接水的理由，跑来保安室看，这群被冠以“三流学校”的学生，也许年纪尚小的缘故，未察觉与其他学校学生的不同，而家长，要么心灰意冷已经放弃，要么努力挣扎力图让孩子转校；老师也抱着不同的态度教学，老的，混日子居多，新来的，些许带着无上的希冀。学校是一个巨大的旋涡，吞噬了太多的东西，不同的人和情绪。

这数月来，我安之若素待在保安室，见证的、亲历的、感同身受的，像一株没人关注的植物，藏在学校一角，安安稳稳吸收一切，静静生长。

我写累了，实在怕憋坏，就漫无目的地在学校瞎逛，领导喊，罗小小，穿制服。我表面答应着，实际想起了就穿，没想起就不穿，后来领导碰见过我几次，都没喊，大概心底对我失望了，或者学校人太多，已经记不清我了。

很早之前，我就想去孙涛他爸那儿看看，我把这想法提前给孙涛说了，孙涛有些犹豫，但还是答应下来。约定的前一天，黄清清打电话给我，说没啥事，就聊一下天，我俩彼此说话，到尾我嘴快，把想去看孙涛他爸的事和她说了。她在电话那头沉默了一下，说，我和你一块去看看，大家都是同学，街上的，也就咱几个了。

去的那天，我们仨碰面的时候，孙涛对于我把去看他爸的事告诉黄清清好像有点不满，全程没和我说话，我也不知说啥，低着头，和黄清清一人手提一个水果篮，走在孙涛两边。水果篮是黄清清精心挑选过的，有火龙果、苹果、香蕉、橙子、葡萄，梨也有好几个，精致包裹在篮子里，露出红黄绿紫好几种颜色，煞是好看。

走到一扇类似防空洞的门前，孙涛眼角动了动，说，到了。门没锁，他打开，率先走了进去，我和黄清清跟在后头。房间里仅开了一个电灯泡，很暗，偌大的空间，没有电器，一床两椅，还有一个小衣柜，大概就是全部。孙涛把两个凳子递给我们，叫我们坐，他自个儿身子靠在衣柜边，手靠在背后，脸朝着门一侧，不知在想些什么。

借着昏暗的光，我们大概能看到床上躺着一个苍老的男人，明明已经是秋天了，他还露出身上的夏天衣物，被子是冬天盖的棉絮被，上面还披着一件棉袄，床头摆着一个绿植，在这没有阳光、空气混浊的环境里，已经枯败大半。男人躺着，没什么意识，紧闭着眼，似乎没有感觉到我们的到来。

三个人胳膊都伸不开，孙涛先出去了，我和黄清清稍微站开些，背靠墙角，头顶是电灯泡，我听到外面响起剧烈的咳嗽声。孙涛又在抽烟了。

我喉咙动了动，好像要说什么，又什么声都没发出。伸出左手想抚一下被子，伸一半又缩回去。我驼着背把头埋下，手提了半天果篮，感到麻了，想放下可没地方放。

出门的时候，孙涛蹲在树边，地上已经有四五个烟头，他瞧我们出来，抖了抖手上未燃尽的烟灰，站起时没站稳，一个趔趄被我扶住了。他弯腰捶腿，好不容易站稳，和我一句话也没说，一小步一小步走过去小心翼翼将门阖上。这个类似防空洞的屋两边，都是高大的树木，阳光也很难照进来，我环顾了一圈，已经没人住在这附近了，只有孙涛和他爸还在。

黄清清一把抢过我手里的果篮，塞到孙涛手里。交接的一刹那，我这才注意黄清清的手也被勒得满是红色。

六

"书法家"这个称呼率先出自孙涛之口，黄清清渐渐也被影响到了。只要不出太大问题，我留在医院的事算是敲下来了。说这话时，黄清清正坐在我的保安室里吃梨，这段时间病人少，她有些时间自个儿安排。我最近在看嵇康的字，和颜真卿、柳公权、黄庭坚这些专业人士都不一样，嵇康并不以字闻名，但他写出的字与古代各书法大家相比，更具一番风味，蕴含一股常人难见的冲天志气，我练得入迷了，如亲见亲闻嵇康草写《与山巨源绝交书》一纸。有时黄清清的话我也搭不上。

我已经不在乎那群好奇的学生了，练完，坐椅子上，干脆把门大敞着，让他们进来，他们很爱看我写的字，也看不懂，但爱问，一些简单的问题我都耐心回答，有些过于幼稚的，我就直接闭嘴，喝茶。

孙涛不常来了，听说是理发店出了点状况，那女老板在外做生意的资金链断了，要把店租出去，孙涛想租下来自个儿干，正四处找人筹钱。出于朋友关系，我和黄清清各借了他一些，但只是杯水车薪。那店是新店，装修不久，想租的人很多，店里那几个年轻人都有想法，孙涛只能尽量筹得快一些。我大概知道他的想法，即使是租的，那也是自个儿的，不像以前打工，到处要看别人脸色。

前两天天气预报说会下雨，但迟迟未下，外面实在太干燥了，校园的草木不论高低大小，皆附上了一层厚厚的灰，浇水这事本该是扫街大爷干的，但大爷只领到了一半工资，干脆只干一半的活，我怀疑再这么下去，学校草木都活不成。黄清清三口两口就把手中的梨吃完了，接着变戏法似的又从口袋里拿出一个，在饮水机前洗了洗，清脆地一口咬下去。她说，书法家，要不要吃个梨？

学生爱鹦鹉学舌，也异口同声冲着我书法家书法家地叫，令我窘迫。我说，就试着写写，别瞎喊，再乱说把你们都赶出去，要不告老师家长去。学生不怕我赶，但怕老师家长，听我这一恫吓，纷纷闭嘴了。我在有限的长方形桌面上贴上几个人的字，唐宋元明清的都有，最后一张贴上了我自个儿的，和其他笔墨纸砚完成的不同，我是用铅笔写的。之所以不买些毛笔宣纸之类的，一是因为没钱，上好的买不起，二是因为总觉得劣质的纸笔写不了所谓的书法，好马配好鞍，倘若给王羲之一支劣笔，估计他也提不了袖，下不了手。

罗小小，你瞧，黄清清突然叫我。我扭过头，一张揉成拳头大小的纸丢到我脑门儿上，我接住，打开后是一张白纸，上面写了几个简单的字。黄清清问我写得怎么样，我看出是她写的，脸不红心不跳撒谎说写得还行。黄清清听了，又丢给我一张，问我怎么样。这人的字是第一次见，我就没撒谎，说写得一般。黄清清打量我两眼，说，罗小小，你眼界挺高啊。她脸上若有所思，拍了拍裤子，站起来一手叉着腰，另一只手把吃完的果核砸向我，说，罗小小，难不成我的字比我们这儿书协副主席还好？眼界高就算了，你还不诚实！

字是我和学生之间一个隐秘的契约，他们来，我欢迎，他们不来，我也高兴。根据铃声，在保安室我逐渐养成了上课时间练字，下课时间和学生聊天的习惯。学生爱倾诉一些烦恼，我不说话，给他们笔，练字能让情绪冷却下来。他们说的烦恼，有些我经历过，有些我未曾经历，这不影响我吸收，甚至有时感同身受。我泡一杯茶，仅是静静地从侧面看着这群学生的面孔，便像是看到了未来的秘密一角。他们走后，我看到他们留在纸上的横七竖八的字，有的方正，有的歪斜，透露着稚嫩的气息，西汉扬雄在《法言·问神卷第五》中说：言，心声也；书，心画也。所谓字如其人，说的就是这样。

黄清清来得勤还好，一下子不来，我反而不适应了，但我还得练字。孙涛一直没来，我给他打过一次电话，他声音沙哑，好在口齿清晰，还会开玩笑，后来他终于来了一次，是来借钱的，具体这些天经历的事都没说。他穿了一件咖啡色的外套，下身是一条深绿色棉裤，头顶的黄发淡了很多，他没进来，就站在校门口裹紧了衣服抽烟，钱是从罗团结那儿要的，等我把钱递给孙涛，他匆匆接过，说了一声谢谢兄弟，转身就消失在黑夜中。

我去找黄清清了。深秋的水泥路边，树木赤裸干瘪，早已掉光了枝叶，一路上店门面都亮着微弱的灯，老板摆了张凳子坐在门口，昏昏欲睡，像为入冬站好最后一班岗，大雁的叫声比风声还要漫长，人们步履匆匆行走在路上，头缩在衣服里，唯独露出两只眼睛留下焦灼的目光。

我来到医院，人已经很少了，加班的医生护士，多去食堂打饭、休憩，然后等待夜晚的来临。我妈早已经回家了，我走进熟悉的病房，床上已换成一个陌生男人独自躺在那儿，我悄悄退出去，没有人问我是不是谁的家属，我就在那一层楼漫无目的地走着。当黄清清出现在我背后的时候，我已经走了十多分钟了，天色渐渐暗下来，但我还是能够看清她的脸，我笃定是她，就像第一次她在保安室远远见到我，喊出我的名字那样，我喊出她的名字。

我能感受到她的欣喜，她通过了实习，留了下来，硕大的照片如学生考完试放红榜，张贴在墙壁的宣传栏上，照片上她身穿工作服，就如现在站在我面前一样。天空渐渐响起了轻微的声音，风吹草动，淅淅沥沥，这片区域等待了太久，熬过了大半个秋天，终于如愿以偿。她摘下口罩，走廊上只有我们两个人，我吻了她，尝到了她口腔里的果肉清香，是梨，我很肯定，她刚才吃梨了。我们的呼吸都变得急促，但不知为什么，我们没有想过采取进一步行动，而是紧紧地拥抱在一起。

已经是夜晚了，窗外的霓虹灯渐次亮起，雨声变得大了。也不知抱了多久，我们一动未动，似乎在回味那种难以命名的紧张与欲望——我们既不敢肯定，也不敢否定。比起虚无缥缈的未来和一个同时悄然浮现在我们潜意识的人影，好像此刻更为实在。我想，人的一生总是有很多犹豫与踌躇，有时停留在某一刻，仿佛才能给予心足够的安宁。

七

这一场雨下得太晚，晚到让人记不清它似乎是错过了什么，有些水珠顺房檐滚落，发出清亮的响声。我不是一个有酒瘾的人，也没什么原因，就突然想喝酒，罗团结和我一块坐在阳台，我模糊地觉得已经入秋很久了，又好像是刚入秋，费力想一想，已经有段时间没有孙涛的消息了。

自我回来的那天起，罗团结没有一句话问我关于钱的事，他越来越不爱说话，每天还是一身保安制服，早出早归，一回来就帮我妈干活，街上人喊他老保老保的他也不吱声了，拉他出去打牌他愣是直摇头。我妈逐渐承认了我的实际情况，赚不了大钱，当不了官，上技校那段时间，她爱指家里摆桌上的财神爷，又指我，恨铁不成钢地说，罗小小，你就一扶不起的阿斗。现在，她见我直摇头，绕着道，买菜洗碗，整理房间，将所有的气力都用在了家务上。我猜我在保安室的所作所为他们心知肚明，但都不开口，自始至终，对于练字一事，他们讳莫如深。

下了雨的天格外清冷，落叶铺在街面上，扫了一层又叠下一层，罗团结和我一人坐了一张小板凳，在阳台处拥着衣服，慢慢啜饮。喝到一半，罗团结已经酒酣耳热，迷糊着眼，他慢慢地伸出手，用手指对着半空一笔一画，我不知道他在写什么，但他的动作我太过熟悉了，甚至每晚睡觉都会出现在梦里。他眼睛分明已经眯上，却神情专注，仿若做一件极为郑重而又神圣的事，那看不见的笔画融入了空气中，引动一道道浅浅的气流，须臾不见。

我好像懂了什么，又好像什么也没懂。罗团结起身进屋，不知和我妈在说些什么，里屋传来一阵激烈的拌嘴声，顷刻，他再次回来了，两只眼睛变得清澈明亮，手上紧握着一个盒子，打开，是一支掉了漆的蓝色英雄牌钢笔。罗团结说，拿着，这给你了。

八

我坐在保安室，窗外的扫地大爷穿了件深色灯芯绒大衣，戴了顶褐色毡帽，背拱起来，从后面看，像个外壳被软化的刺猬。学校也要放寒假了，这段时间进来的学生太少，可能是临近考试，也可能是天实在太冷了，但只要有学生来，我就会将门打开。我泡了一杯茶，静坐了十分钟，等茶慢慢凉了，然后伏桌上慢慢地写，我写得很慢，用的是罗团结的那支钢笔，笔很干，我花了很长时间才使得墨水灌进去，写起来后，开始有些生涩，慢慢地，笔画变得流畅，反而格外顺手。

我不知道他这支笔从哪儿来的，也不打算知道。收拾桌子，我仔仔细细清理曾经用过的纸笔，把余下的铅笔放在一起，连同一些写过的纸本，锁在了桌子最底层。当我不知道怎么做的时候，唯有写，唯有闭嘴沉默，恰如我始终搞不清春夏秋冬四季具体的界限是什么，只觉得冷了就是秋冬，热了就是春夏，冷了加衣，热了脱衣，这是一种本能反应。我读化工技校时上专业课，老师常强调热胀冷缩，说这是揭露了世界本质的事实。我觉得我像老师说的事实那样，太冷了，不断收缩，心底越发沉默，加的衣服却将我包成一个粽子，包成如扫地大爷那样的刺猬。

入冬的第三天，天倏尔变得更冷，继而飘下了鹅毛大雪，我换上了厚厚的棉袄，紧闭着窗户，外面街上白茫茫一片，整个校园也伫立于白色国度当中。我要走了，离开这个偌大、寂寥，但又在某种程度上属于我的空间。在保安室我仔细整理纸笔，连着几张纸条，一并包起来，打算一块带回家。纸条是前两天离校前的几个学生偷偷放在保安室的，上面画着太阳的图案，写着希望明年春天还能继续看到我。

孙涛突然给我打来电话的时候，我已经有段日子没联系孙涛了，听说他东凑西凑，街上认识的人都借了个遍，还专门跑去外地了。电话那边孙涛一直在咳嗽，他说叫我去参加葬礼，我愣住了，问谁的，他说是他爸的。我说啥时候走的，他顿了一下，说就在刚才。

去的那天雪一直在下，秋季的漫长延伸至冬天，地面平整，雪淹没脚踝，一路的树只剩下光秃秃的枝干，大雁南飞留下的空巢消隐不见，大概也早已覆盖于冰雪之中。原以为到的人会挺多，印象中孙涛是个人缘不错的人，从认出我的熟络到与人攀谈的姿态，他朋友广，熟人多。而到了现场，除我认识的黄清清和他自个儿外，就只有他爸那边的几个亲戚。孙涛站在殡仪馆门口向我招手，他的头发染回来了，变成了大众的黑色，手上的银圈不见了，一米八的个儿，瘦成一根竹竿。他面目苍白，顶着两个黑眼圈苦笑，说兄弟，不是瘦了，是枯了、萎了，只剩一条贱命留着了。

他和我走一块，他低着头慢慢地走，周围有亲戚过来，就勉强抬一下头，强笑一下。为我爸这事，我把能叫的人都叫来了，把该花的钱都花上了，店是租不成了，钱全搭这破事上了。你说，我爸为啥死后，也不叫我好受一下？孙涛哆嗦着手，硬抽了一支烟，抽到一半猛烈地咳嗽，然后丢在脚下用力踩。行吧，这辈子父子一场，他应该不算一个合格的父亲，我也应该不能算一个合格的儿子，就指望着来年开运能好点。他自顾自地走，自顾自地说，逐渐脱离我的脚步，他的肩膀晃晃悠悠，一个人向远处的白色走去。

葬礼有条不紊地进行，到了后来，孙涛一个人抱着他爸的遗像一步一步穿堂而过，我和孙涛几个亲戚站一排，一个个献白花，黄清清站我身边。她悄悄把我的手牵住了。

仪式说长不长，说短也不短，大多都扛在孙涛一人身上，后来又有几个亲戚到了，他得招待，我和黄清清也跑去搭把手，好不容易熬到快结束的时候，孙涛整理着最后的事宜，我和黄清清悄悄退出来了。我站在灵堂门口，抽了几支烟，着实百无聊赖，想进去，又怕看见孙涛那说不出的神情。我想，不给他添负担了，省得又是一顿伤感，就找了个台阶角落坐下，黄清清坐我旁边，我俩相互靠着，把衣服裹紧了，抚平衣领，以免风往里钻。

不知过了多久，久到我都快睡着了，还是孙涛拍醒了我，走了，他朝我示意。此刻灵堂空空，眼看最后一批亲戚也都慢慢离开。他看了一下我身边的黄清清，嘴巴动了动，但一个字也没说。

雪已经停了，一片静悄悄的空旷，万物归于肃穆，天渐渐黑下来。

我们一步一步向前走，一直走，也不知走了多久，前方还是白茫茫一片，不见尽头，我缩紧身子，不断搓手哈气，不敢停，怕一停脚就陷入雪坑中。天色晦暗，压低了整个视野。我感到越来越累，脚下沉重，抬起头，期待着前面能出现一束光，把周遭世界都打亮。可等了很久，还是什么也没有，只能走。树木林立，唯有无尽的风在低语，像是谁在叹息。

表演家

一

大学毕业那年，父亲去世，我没能见上最后一面。丧事办到月底，我已无心求职，草草找了一家奶茶店，成为一名服务员。

上班地点离家不远，几步路就能到。奶茶店占地约五十平方米，前台、制奶、品饮各自区域分明，靠墙位置摆有一个偌大的三层书架，书本大多塑封未拆。白天，老板要求八点上班，我一般九点半到，松松垮垮穿好工作服，在店内开始四处走动，哪儿人少往哪儿走，中晚分别吃个饭，一直挨到晚上九点半，胡乱清扫下卫生，便锁门离开。

这样的生活持续约半年，店内冷清，从未坐满过。工资常拖，年轻的员工陆续主动离职，另谋生路。我想，算了，混一天算一天，全当养老了。最后，除了制奶员侯师傅，员工就剩我一个了。侯师傅是店内的老人，早年丧子，中年丧妻，后半生最大的愿望是前往阿尔卑斯山滑雪。现六十好几的人了，开口理想，闭口理想。我与他性情不大对付，很少搭话。

大约过了一周，我在此遇见了一个差点要忘记的人。

那时已入冬，门外下雪，离开前，我在店内进行着一天以来的第一次打扫。侯师傅早早离开了，店内除我之外，就一个女孩在。起初我并未认出她来，她穿了一件白色连帽衣，帽子上有两只兔耳朵，背后是一个粉色双肩包，二十岁出头的模样。其间，她手捧一本蓝色封皮的书一直小声读着，我过去清理桌面，隐隐约约觉得面容熟悉，试探性说出一个人名：李可心。

她似有点惊讶，却并不困惑，反而问，你认识可心？我说，你说的是太平小学的李可心？我俩是小学同桌，你和她长得特别像。随后我与女孩进行一番交谈，确定所说的是同一人。女孩沉默半晌，合上书，从中倒出一张照片，上面一共有两个女孩，并排坐着，皆是十来岁的样子。她指着其中一个说，这是我，又指向另一个说，这是可心，也是我妹妹。我凝视片刻，说，你俩是双胞胎？她点点头说，对，只是当时在不同的学校上学。她想了想，又说，我知道你是谁了，你叫罗小小，她那时常和我说起你，并说起你们班的事。

晚上九点半，窗外雪停了，我把店门锁好，发现女孩站在门口没走。她走过来，说，喂，和我说说可心的事吧。

我和她慢慢在路上走，于是我说了很多关于李可心的事。她人瘦高，留短发，成绩好，却不大与人接触，春秋游要交一百元，她是班上唯一不参加的。同桌数年，只见过一次她发脾气，那时上六年级，奥运会期间，俄罗斯小学的校长来学校做文化交流。和她争吵的人是班主任，具体缘由不知，后来班主任腿摔了，从三楼摔到二楼，于是换了一个新老师带班……女孩很认真地听，说，那个时间点我有印象，她老生气，和李桂梅在家也吵架。对了，那时你们学校是不是有一个去俄罗斯的交换生名额？我说，李桂梅是谁？女孩说，以前是我妈，后来不算了。说完，她补充了一句，我小学毕业后，就住叔叔家了，没和她们一块住了，也没接触。

我走了一段，试探性问，那你妹妹呢？女孩的步伐一下加快了，不说话，一个劲儿往前走，一直穿过斑马线。这时已是红灯了，我俩站在马路两边，中间是无数车辆。她回过头，在对面冲我喊，听说你们拍了一张毕业照，麻烦你找出来好吗？我想看一看，对了，我叫李可意。

后来我联系了一下小学同学，这才得知，李可心已经死了。

至于怎么死的，小学同学说他也不清楚，他在电话那头说，小小，你管那么多干吗，先管好自己吧。他还在絮絮叨叨，打算与我谈最近的股票心得，我已挂断电话。

我在床尾坐了一会儿，抽了一支烟，又起身，从书桌的玻璃板下小心翼翼拿出那张照片。那天天气很好，我们站成两排，李可心站在我前面，背挺直了，系着红领巾，脸上带笑，一束阳光恰好投下来。我凝视了一会儿，寻思去厨房拿条毛巾润水擦一擦。返回时，经过客厅，桌前摆着我父亲的骨灰盒，半年了，我每天都要看几眼，而我母亲早年的照片挂在旁边的墙上，黑白的，自我出生始，她就一直这样看着我。我在沙发上躺了片刻，又抽了一支烟，烟灰落在地上。

除了一只猫，这套旧房子是我父母留下的唯一遗产，现在也要拆了，还不知以后住哪儿。一年前，我父亲住院，缺钱，朋友大多躲着，只能把客厅稍值钱一点的家电都卖了。我要上学，他没人陪，便养了一只猫，还给猫取了个名字，叫喀纳斯。这猫我从没见过，也怀疑它的存在性，毕竟我父亲得的是脑瘤，直逼大脑半球部位，看东西时常产生幻觉。偶尔几次通话，他老说，喀纳斯在，他就在。等我爸一去，客厅基本空了，只剩下一台冰箱，饭桌和沙发没人收，于是暂且保留。而所谓的猫，一点踪影不见。问了好几次医生，都说从没见过。

躺了一会儿，我勉强睁开眼，烟熄灭了，一片漆黑，什么也看不见。

回到房间，我把毕业照擦好，装进包内，然后脱衣准备睡觉。熄灯前摆弄手机，在通信录翻看小学同学列表，到李可心这一栏，我停顿了一下。这号码是在她离开前，好不容易打听来的，我拨过去，意料之中，是一连串的忙音。心中稍微有点失落，正要挂掉，电话那边通了，我听到细微的呼吸声。我没说话，对方沉默，我们彼此耗着。大约过了两分钟，一直等到对方开口，声音很轻，我却听清楚了。她说，罗小小？我说，李可意？那头沉默半晌，然后说，毕业照找到了吗？我"嗯"了一声。她又是一阵沉默，说，那明天我去找你。随后电话挂断了。

二

喝酒，一杯、两杯、三杯。

第二天是周末，人越发少了，我带了个杯子过去，时不时偷摸喝点。喝了一整个白天，人没来，晚上，我趴在桌前睡觉。醒来时已至十点，我随意找了本书看，寻思她要再不来，我就不等了，回去吃晚饭。

读到一半，眼瞅着李可意从马路对面走过来。她推开门，一脸歉意，说，我才下班，不好意思。接着她坐在我旁边的凳子上，书包揣在胸前，嗅动鼻子，说，喝酒了？我没回应，把准备好的照片递过去,反问,周末也上班?她摇摇头说,只是最近忙,要排一个剧,你大概没听过。我一问,她字斟句酌地说,你知道契诃夫吗?我想了想,说,看过他的小说,小学课本有,又指了指书架,那儿还有他的一本精选集。她走过去,认真看了看,微微摇了摇头说,我说的是契诃夫的戏剧。李可意紧接着说,这个剧叫《三姊妹》,我们剧院最近在排这个剧,我在剧中扮演最小的妹妹,叫伊里娜。

她说着给我念了两段台词:

> 你说生活是美丽的。不错,然而,万一这只是一个表面现象呢?直到现在,我们三姊妹的生活,还没有美丽过呢;生活像莠草似的窒息着我们……

紧接着她抬起手,做了一个拭泪的动作,仰起头,露出微笑,声情并茂:

> 我应当去工作,去工作。我们心情忧郁,我们把生活看成是黑暗的,都是因为我们不认识工作的意义。我们是那些瞧不起工作的人们所生出来的……

她念完,很认真地看着我,问怎么样。我说演得挺好。李可意有些高兴,没多久,又摇摇头说,我最近一直都在背,下班背,睡觉背,上次来也是,这个角色很重要。接着她叹了口气,说,剧院近年来一直都不景气,很少有人来了,就指望这次能……说到这里,她闭紧嘴巴,低头开始仔细端详照片,我知趣地走开。过了一会儿,我端上两杯奶茶,发现她已郑重地把照片夹在那本蓝色封皮书内。

她抬起头,说,给我两天时间,我再去印一张。然后踌躇片刻,拿出一本一模一样的蓝色封皮书,递给我,说,这是《契诃夫戏剧选》,我也没带啥,刚见你一直在看书,只能给你这个了。我说,算了,你自己留着吧,没必要。她坚持要送,推辞数次,我不情愿地收下了。我随意翻开,恰好翻到《三姊妹》中的一段台词,顺便就读了出来:

> 你说,再过许多许多年,世上的生活会是美丽的、叫人惊奇的。这话很对。但是,为了从现在参加那种生活,无论那种日子有多么遥远,一个人都应当从现在起就给它做准备,就应当去工作……

过了两天,李可意把照片还给我。之后,我很长一段时间未再遇见她。

等待下班的时间总是十分漫长,于是若无生意,我便养成了在奶茶店睡觉的习惯。深夜回到家，我躺在床上，楼顶似有猫叫，翻来覆去再也睡不着。一次，我想，索性不睡了，便开了台灯下床，披上衣服踱步，读起那本搁置许久的蓝色封皮书。

“我心中有一种热切的渴望，”我咽了下口水，把手一挥，“要生活，要奋斗，要工作。这个渴望，在我的心里，和对你的爱，融化在一起了……”读了几句，不出声了，在脑袋里默想，卡到一半，想不起来了，又低头对照看，过了两遍，又开始读，如此反复。

半夜一点，我感到有点饿了，去厨房下碗挂面，打了个鸡蛋，开两瓶啤酒，坐在客厅的桌前，一面吃，一面喝。喝了两口，才发现灯未开，窗外月光正好，照在父亲的骨灰盒上，我举杯遥遥相对，您也喝，说着半瓶洒桌上，一片晶莹剔透。屋内始终没有任何声响，吃喝好一阵子，才恍然，这里一直只有我一人。

后来房间也懒得回了，我一手捧书，一手握紧酒瓶，在客厅来回走动，边读边想。微醺间，窗外楼下传来了许久未闻的打更声，好像儿时那般，轻轻敲击，由远及近，提醒着各户人家近来气温骤降，小心用电用气。不知读了多久，天光渐渐发白，我身心疲倦，卧躺在沙发上，把衣服盖住全身，书本覆在脸上，迷糊入睡。

第二天一早，我被一阵手机铃声惊醒，电话是殡仪馆打来的。工作人员是一个年轻的小姑娘，声音悦耳，一确认身份，便向我介绍各类海葬安排。我说，不关我事。她愣了一下，说这是我父亲临死时嘱咐过的，有登记记录，顺便念出日期和电话号码。我好半天没吭声，酒瓶的酒还剩一点，一饮而尽，说，滚！趁她尚未反应过来，我率先挂断电话。呆坐了一会儿，遥望对面桌上的骨灰盒，我突觉鼻子有点酸，哭了一阵，肚子饿了，就揉眼睛不哭了，带上书，下楼随便吃了点东西，跑去上班。

天气太冷，奶茶店开了空调，窗户一片模糊。我进门时，发现李可意也在。她上了点妆，神色掩不住的疲倦。坐在她对面的是另一个女人，眉眼间和李可意有六分相似，只是脸稍显肥厚。两人说话声音刻意压低了，我听不清。眼瞅着李可意中途出门去了一趟旁边的银行，回来把钱数了数，丢到那女人的面前，女人眉开眼笑，交给李可意一个塑料包。

女人把钱收好，起身前说，可意，她的东西可都在了，你爸啥样你知道，现还欠了不少，现在你人大了，能挣钱了，很好，她没了，你要回来随时能回来……李可意没说话，一手摇摇指向门，女人的话戛然而止，裹了裹衣服，离开了。

我在前台观察良久，确定无事后才慢慢靠近，李可意先是低着头，然后慢慢伏在桌案上，见到我了，勉强仰起头，笑了一下,脸色却有些发白。我盯着她,不觉有些愣神。她的头发剪短了,梳理得十分整齐,和李可心小时一模一样。

李可意很快恢复好情绪,背挺直了,她注意到我手上的书,起了兴趣,说,你读了?我点点头,她说,能背?我说,不能。她说,那好,你读,我背,咱俩来对对。

三

窗外落雪,我和李可意在窗内对戏。

玛莎:你瘦了,可是你更显得年轻了,模样像个男孩子。

屠森巴赫:那是因为她把头发剪成那样的关系。

…………

伊里娜:昨天医生和我们的安德烈到俱乐部去了,他们又输了。听说安德烈输了两百卢布。

玛莎:那,现在又有什么办法呢?

伊里娜:半个月前,他输过钱,去年十二月他也输过钱。我倒希望他赶快把什么都输光了吧,也许我们就可以离开这里了。啊,上帝啊!我夜夜梦见莫斯科,把我都整个想疯了。

…………

玛莎：但是这都是什么道理呢？

屠森巴赫：道理啊……现在正下着雪……又是什么道理呢？

玛莎：我觉得人应当有信念，或者去寻求一个信念，不然他的生活就是空虚的，空虚的……活着，而不明白仙鹤为什么飞；不明白孩子为什么生下来；不明白为什么天上有星星啊……一个人必须知道自己为什么活着，不然，一切就都成了一场空，就都是荒谬的了……

对了一阵，我读得尚且生涩，言语间磕磕绊绊，李可意身心已然化入剧中。到最后，她孤零零地一点点弯下身，两手攥紧衣领口，神情既美且悲，声音凄厉悠扬。第二幕结尾一句"快到莫斯科去"一咏三叹，声越低，情越重，哀戚之意仿若要突破这玻璃屏障，飘往天空。

过了不知多久，天色已漆黑。李可意抹了抹眼角，并没有泪，她说她要回剧院了，还有很多工作要做。临走时她突然想到了什么，转过头问我，明天周末，你有时间吗？我点点头。她说，反正闲着也是闲着，有没有兴趣来剧院看看？在我给出肯定的答复后，她笑了笑，做了个虚空击掌的手势，说，那就明早九点，不见不散喽！说完，抱紧手中的东西退后两步，推门离开。

回到家，走进厨房，碗还在那儿，并没有人帮我洗。有只蟑螂静静趴在墙面一角，见到光，便迅即跑开了。

我翻开橱柜，另外拿了一个新碗，然后收拾收拾冰箱，还有点速冻饺子，香菇猪肉馅的，开火煮了二十来个，倚着墙安静地吃完了。这时，窗外隐约传来声响，“喵”的一声，我去打开窗，却什么也没有。

休息了一阵，我戴好塑胶手套，新碗同旧碗，一块洗了。屋内一直没人说话，我加大水量，想着多发出点声音，也有点生气。

睡前，照例过完一遍那本《契诃夫戏剧选》，然后翻看手机，殡仪馆又来了几个电话，还有短信，我一条条删除，最后将号码拉入黑名单。

第二天，我一早到了奶茶店，先干了一个多小时活，侯师傅进来时，额头包着一块纱布，像是新伤。我不便多问，假装没看见，接连给李可意打了两个电话，都是关机，寻思她是不是遇到了什么麻烦。好在剧院不远，于是我决定主动去找她。

窗外雪停了，道路上面堆积着一层薄雪，其下是压实的积雪层。我换上套鞋，穿过马路，远远朝大剧院看去，它像一个巨大的黑色方块盒，顶上图案是一只鸟，嘴呈菱形，羽翼丰满，振翅欲飞。

我站在台阶下，认真观察了一会儿，冷风呼啸，门口甚是冷清，仅有几辆自行车停靠。演出将近，两名工作人员在发宣传单。

那人发给我一张，我接过才发现，其中实际夹了三张。

顺着工作人员的指引，我很快找到了李可意。此时她正待在表演室，歪头对剧本，一面对，一面试着演，注意到我了，她张大嘴巴，略微点了一下头，然后又回到自己的世界去了。

将近中午，她总算结束了，趁等饭的空当，她带我参观了一下置景舞台。这是一个标准的镜框式结构，观众席处于舞台对面，两侧被红帘子挡着，道具都被搬走了，舞台上仅稀稀拉拉留下几张木质凳子和椅子。她走到台口中央，踩了踩地板，说，瞧，标准的枫木，实打的，就算几十个三百多斤的大胖子在上面蹦跳，也能受得住。我说，如果脚底板给撤空了，你们在上面演，大地会不会塌陷下去？她说，不会。我说，为什么？她笑了笑说，因为还没有看到莫斯科。

我们在台上站了一会儿，饭送来了，吃完后歇息了一阵，我酒瘾不觉犯了，在舞台上不断来回走动。她坐在凳子上，托腮看着，大概明白了，问，想喝酒？我脚步停下，犹豫片刻，便承认了。她沉默，然后摇摇头说，我们这儿有规定，不能带酒进来。随后，她话锋一转，说，不过我有一个办法，能随时喝到酒，现在教给你。说完，她站起身，走过来，两手搭在我的肩上，把我按在座位上，然后正对着我，认真地说，喏，看好了。

话毕，她走到一边，拉上窗帘，灯迅速暗了下来，再走回舞台，身形影影绰绰。

她在我面前缓慢脱下外套，一点点挽起袖子，露出一双光洁的手臂。手腕平摊向上，静脉分明，一丝光影在她臂上晃动了一下，然后不见。过了大约两秒，突然，她的右手动了，向右轻盈一握，迂回来，圈成一个酒杯形状，端于离胸前两寸位置，左手轻轻捏成一个拳头形，好像手中握有一个酒瓶。两物相对，然后，她抿紧嘴，神色郑重，开始倒酒。

酒瓶微向下倾，一缕缕的虚无之酒如涓涓细流，好似真的倒出来，流入酒杯之中。十秒，待酒倒好，她把瓶子竖起摆放，朝外一推，酒瓶就此悄然离场。另一边，酒杯在手中轻轻摇晃，好像里面有透明液体翻涌。移开视线，她朝我笑了笑，露出一对小虎牙，旋即深吸一口气，一饮而尽。

从摆酒到倒酒，最后饮酒，她几乎一丝不苟，在我面前有条不紊地表演出来。

我定定地看着她，她自顾倒了一杯又一杯，然后仰头饮尽。她的脸颊逐渐泛起红晕，又喝了几杯，她再也支撑不住，倒在座位上，沉沉睡去。

我侧身看了看，她的确喝醉了，把窗帘拉开，光线进入，门口恰好有一个大胡子的男人经过，肩上扛着道具，似乎是剧团人员。他探头进来，看了看李可意，脸上露出一副恍然的神情，对我说，没事，她总这样，习惯就好了。

四

从周一开始，一连下了五天雪。

前四天一如往常，我白天去上班，晚上一人坐在客厅，边喝酒边读书，读一阵，然后发呆。深夜把书放在床头枕着，楼下响起咚咚咚的脚步声，彻夜难眠。第五天，我的酒喝光了，下楼去买了点，慢悠悠上楼，楼下的那家大门敞着，是王叔家，他家基本搬空了，仅桌上留下个烧水壶。他一走，整栋楼就彻底剩我一人了。

我的身上落了不少雪，化成水，衣服贴肌肤，十分难受。我脱光自己，像剥开一根香蕉。放好水，躺在浴缸里，边泡澡边喝酒。一罐又一罐压扁，它们漂浮在水面上，像一艘艘小船。

李可意打来电话，已是晚上十一点半。窗外雪小了，屋顶有猫在叫。她说，有一个不情之请。我说，你说。她说，剧院漏水了，各处都漏，实在没地方住，身上也没钱，你那奶茶店可否开一下门，让我暂住一晚？我说，你们明晚演话剧？她有些惊讶地说，这你也知道？我转回话题，说，钥匙不在我身上，但我这儿有个地方，你要觉得还行，就过来吧。她许久没说话，屋顶的猫又叫了一声，声音很大，像是从房梁跃下来。就在我以为她要挂断的时候，她说，你发个地址。

我把地址发去后，在客厅来回走了两圈，犹豫再三，走进我父亲以前的卧室。半年过去，尽管我按时清理卫生，但空气中仍弥漫着一丝陈腐的气味，像是腐烂的橘子皮。被套是新的，我闭上眼睛，在床上四仰八叉躺了一下，粗算时间，她大概要到了，于是下楼去接。

楼下王叔正好锁门，手上拎着热水壶，我打了个招呼，说，王叔，要走？王叔回头瞥了我一眼，说，是小罗啊，我正要搬到我儿子那儿去住呢，来来，最近腿脚不利索，帮我拎一下。我和他一块下楼，王叔絮絮叨叨，从危房重建补贴说到养老政策，又聊了一下马尔代夫旅游，说到最后，拍我的肩说，小罗啊，你爸的事，我也知道，人得向前看，还留在这儿，总归不是个事。我避开话题，说，王叔，咱们这楼以前是不是有人养猫了，没带走？王叔说，哪有啊，这一片对猫过敏的人老多了，谁敢养，出了事要负责的。我说，不可能啊，我明明听见的，是不是有一些流浪猫过来？王叔笑了一下，说，人往高处走，猫也一样，咱们这地方啥样，猫心底没点数？又说，你说有猫，是你心底有猫吧。说完不听我解释，他拍了一下我的肩，已经走到一楼了。他接过热水壶，和我握握手，走了。

外面雪还在下，纷纷扬扬落在街道，街灯在对面亮着。我点燃一支香烟，慢慢等。没多久，李可意拖着一个粉色箱子从路的尽头走来，她的伞太小，只能遮住箱子，头发濡湿，衣帽沾了不少雪花，看起来有点低沉。她走到我边上，抬头看了看我，问，你在干吗？我说，在看雪。她说，一起看吧。

我突然又想到李可意提过的那个唯一的俄罗斯交换生名额，我从没听过，查小学官网，近十年也无相关记录。我再问起，李可意沉默片刻，缓缓开口说，这个是可心晚上睡觉告诉我的。

俄罗斯小学校长访校之前，校长把她们召集到一块，说是有一个名额，谁表现好就给谁，秘密着呢，她特别想离开家的，可最后……李可意顿了顿说，校长选了可心，而那个名额给了班主任的小孩。我说，我记得班主任腿摔了的前一天，正好是李可心值日，我离班前，还看见她好像在课间走廊拖地。李可意说，不知道。犹豫片刻，她又补充了一句，那几天，家里的洗洁精不见了。一支烟的工夫，雪又大起来，后来我们就上楼了。

一进门，李可意四处张望了一下，问，你一人住？我点头。她不再说话。带她看好房间，四处熟悉了一下，我说，我先睡了，你有事再叫我，你明晚要演出，早点休息。她自顾俯身整理行李，然后我就回房间了。

到了后半夜一点，我疑似听到客厅传来东西落在地上的声音，顿时从睡梦中惊醒，赶紧下床去查看。李可意站在桌前，脚上趿一双毛茸茸的小熊拖鞋，身上披一件白色外衣，一动也不动。我顾不得问，拉开她，好在骨灰盒仍在原地，原来是我随手搁在桌上的圣诞苹果盒掉了。

她说，我半夜去上厕所，踩着什么东西，一下把这盒子拨倒了。说着把盒子捡起来，又指指桌上的那个盒子，问，这是什么？我站在一边，说，是我爸。她大概以为自己听错了，重复问了一遍。我摸了一下自己后背，一身冷汗。我说，真是我爸。

她不说话了，我俩在沙发上坐下，再回头看看，她踩着的恰是我搁在角落的啤酒罐。我感觉气氛有点不对劲儿，找了个话题，问，现在剧团情况怎么样？她说，不好说，各处都困难，也尽力了，养兵千日，祈祷明晚一切顺利吧。我说，你之前一直睡剧院？她点头。我本来想再问问她家中的事，想了想还是算了。后来她开始问我，我索性就把父亲的事与她说了。她低头沉默，顺手拿起个苹果递到我面前，说，你吃？见我没接，她一手横切做刀状，表演削苹果，说，知道斯坦尼斯拉夫斯基体系？我点头。她说，它有一个著名理论，叫第四堵墙，通俗说，要排除外在干扰，专注自己内心。都说戏如人生，我想，两者是共通的。她伸了个懒腰,起身前说,而有些人、事、物,看似不存在,消失了,其实我一直觉得,他们是在的……她进屋前停了一下,指了指自己的胸口,说,关键在于你如何想,由你这里决定。

早晨起来,阳台外全是雪,不知何时停的,桌前放着那个完整的苹果,底下压着一张票,是今晚前三排的座位,李可意不见了,行李还在,大概早已去剧院。

有人在道路两旁慢慢扫雪，不少门面张贴有雪花图案。走到店门口,不知是谁堆了一个雪人,老板站在雪人边上,手上发着宣传单,脸上喜气洋洋。他看到我了,把单子一把塞过来,说,小罗啊,你帮我顶一下,我上个厕所就回来。

今天人很多,不少是家长被小孩硬拽着进来。我一直顶到中午,老板还没回来。我进屋坐下,问了一下侯师傅,他的伤口还没好,换上一块新的纱布绑着。他说,待了半年,老板啥样你应该知道,外面冷,就在店内待着吧。我又问了一下他伤口怎么回事，他直接承认是去市区滑雪场练了一会儿,不小心摔的。

我俩在店内吹一些气球,系上绳子,里外绑上一些。店内热闹,一些小孩在追逐打闹,嚷着说圣诞老人不见了。我中饭来不及吃,一直忙到下午,李可意发来短信,问,看到票了?我回，看到了。她说，记得来！我说，一定。发过去后，我又多问了一句，时间太急，一定得今天演？过了一会儿，一直没有等到她回消息。

话剧是晚上八点开始，我六点半就到了，地上还有一层薄薄的雪，雪光映着天光，并不显暗。

遥望台阶上，大门口挂了两条巨大的红色横幅，白色字体，工整且醒目，旁边放有一块巨大的宣传牌，上面是一些关于《三姊妹》故事情节的介绍。旁边有十余人歪着头，似有迷惑，其中一人问他的朋友，莫斯科离咱们远不远？朋友说，挺远，隔着好几千公里呢，都要赶上唐僧西天取经了。那人点点头，说，确实远，里面几个人为啥非要去莫斯科呢？朋友说，我怎么知道，我又不是三姊妹。站在后头的一个人说，饭钱都没挣到，还看啥剧啊。说完摇摇头走了。

四处的人慢慢散去，只剩下空荡荡的风，我无言。时间还早，围着剧院转了一圈，吃了个饭，看到不远处有卖花的，我让老板挑了二十来朵，包成一束，煞是好看。待付款，手机振动了一下，她只回了一句，所谓表演，很多时候不是演给别人看的，而是演给自己看的。

转悠到晚上七点五十分，剧院门口零散有人进入，年轻人居多。我跟在后头。寻好位置坐下，回头一看，偌大的观众席，坐了不足一半，多数都在后排。

前面是熟悉的那个舞台，已布好景。有一个巨大的餐桌，上面摆放有银色餐具，一束橘黄色灯光落下，三个女孩，或坐或立，分别身着蓝衣、黑衣、白衣。李可意穿的是白色衣服，站着，好似沉思，她的身形在灯光下显得格外纤细，肌肤透明，全身仿若冰块般的冷。

很快，演出就开始了。

我悄悄摸出揣在衣中的那本蓝色封皮书，两腿并拢，把书规矩地平摊在两腿间。台上人说话，台下人沉默。不知为何，我感觉我比她还要紧张，我深吸一口气，努力使躁动的心情平复下来。

李可意的第一句台词是：回忆这些个有什么用啊！

第二句是：回到莫斯科。卖了这所房子，结束了这里的一切，动身到莫斯科去……

她说话的时候，眼睛恰好与我对视，眼眸明亮，仿若其中有火在烧。

她们诉说着，对话着，表演着。台词我太熟悉了，过往很长一段时间，每个人物皆与我为伴，我从未感到如此亲切。他们的喋喋不休，今日不知怎的一瞬间爆发了，在我的耳旁被唤醒。

我不自觉跟着她们念叨出来，起初背得极小声，好似担心被人听见。后来声音越来越大，越背越快，眼前好似看见那些虚构的人物缓缓走出来，她们激烈地争吵，肆意地交谈，张开双臂便能拥抱，挥一挥手即可道别。台词越清晰，心绪越模糊，强忍情绪，闭上眼，我仿若听到契诃夫的回声，又好似听到父亲过往的叮嘱，以及这半年来，我浑浑噩噩独自生活，每一晚的轻声叹息。

玛莎：啊！听听这个军乐呀！他们离开我们了，其中有一个人，是永别了，一去不复返了，我们今后只有自己单独去重新开始自己的生活了……应当活下去……我们应当活下去啊……

伊里娜：一定会有那么一天，到那个时候，人们会懂得这一切都是什么原因，这些痛苦都是为了什么的。到那个时候，就不会再有神秘了。可是，现在呢，我们应当活下去……我们应当工作，只有去工作！明天，我要自己一个人走……

我脸上冰凉，一摸，不觉有些湿润，再一摸，泪水不由自主地从紧闭的双目中涌出，顺着脸颊往下流。舞台上，李可意念完最后一句台词，低着头，早已泣不成声。等到结束，灯光全亮，观众窸窣离座，后排陆续有掌声响起。

我是最后一个离座的，献上花，她还在哭，眼泪蹭着花瓣，像是沾上晶莹的晨露。我心中突然升起一个奇异的想法，想抱她，就抱抱她，但有点不敢，就站原地看着。她又哭了一会儿，抬起头，看清眼前是我，一下扑来，睫毛微微抖动，低声说，演出时，有那么一瞬间，我真正感受到，她就在我身边，和我在一起。我抽了抽鼻子，没说话，只觉得有点酸，然后揩去她眼角的泪。我心里明白，她不过和我一样，是一个二十岁出头，未经历练的年轻人。

五

回家当晚，苹果不见了，窗户没关。我还是疑心有猫，据说一只猫饿极了，什么都吃。于是一整个晚上，我上下跑整栋楼，四处找了个遍，始终没找到那只所谓的猫。

最后我上了天台，已是凌晨。随后天亮了，我点上一支烟，天空和云朵，一切像被清水洗过一遍一样。蹲着休息了一阵，发会儿呆，我正要转身下楼，远远看见一只猫叼着个苹果核，在另一处的房瓦上回头看我。这是只橘色的猫，毛发柔顺，尾巴摇摆，还很小。我对着它沉默，而后轻轻喊了一声，喀纳斯。它冲我“喵”了一声，跑远了。

回来后，我发现李可意的行李不见了，走进房间，床铺已整理干净，好像从未有人住过。

过了好几天，我回店内办理了离职手续，侯师傅比我早一步，听老板说，他买了飞机票去瑞士了。

我在房间收拾行李，李可意打电话约我在太平小学门口见面。

我找到她时，已将近中午了，阳光洒下来，残雪融化。老远看，太平小学还是老样子，只是换了一个校牌，两边的两个小卖部全没了，一个改成药房，有一些老人拎着塑料袋出入，另一个改成了包子铺，店主正忙活。

李可意站在包子铺前的台阶上，一身便装，身后的蒸笼盖子掀起，蒸汽升腾，她面容模糊，向我招手。

校门口的保安都去吃饭了，大铁门敞开。大概是上课时间，校内空旷，也没多少学生走动。迎面是一栋白色的教学楼，酷似城堡，台阶下立着一座孔子铜像，一手抚须一手持简，这些场景与我过往的记忆相重叠，我与李可意不约而同停下，站在石阶下看。

这座教学楼是二〇〇八年新修而成，巍然耸立，总共五层。这一年俄罗斯小学校长访校，前一年，校长专门请教育局拨款，学校里外彻底翻新一遍。

俄罗斯校长来的那天，一大早，教学楼前聚满了人。我个子不高，躲在人群后偷偷看。李可心处于欢迎队头一位，身穿校服，扎了个短马尾，嘴唇紧抿，目光平视前方，手里拿着一束鲜花，待俄罗斯校长走来，就向前两步献上去，然后鼓掌，以示欢迎。

而我们这些未入选者的任务先是保持安静，待她掌声响起，跟着集体鼓掌。她的任务十分重要，在地上画了粉笔记号，站哪儿，走哪儿，怎么走，脚步如何上前，跨多大步，都有考量。

俄罗斯小学校长走进太平小学，这条新闻作为市报头条刊登出来，上面唯一的附图，就是李可心献花的画面。我和李可意在操场慢慢走，突然，她的鞋带松了，俯身要系，而她所站之处，不偏不倚，恰是当年李可心献花之地。时隔多年，粉笔记号未完全抹去。我看着，两人的身形重叠，便微微有些失神。

你怎么了？李可意喊醒我。

我说了一声没什么，掩住情绪，转身继续向前走。教学楼各层班级都在上课，我们沿课间走廊穿行而过。在原班级门口，隔窗而望，里面是新的一批学子，我们在外站了一会儿，便要离开。李可意稍落后我一步，突然脚步僵住，往后看了一眼，我问，怎么了？她说，没怎么。我没再问，下楼了。

我们在校园内漫无目的瞎转悠，走到操场上，微微有风吹拂，一个班级在上体育课。李可意走在我边上，突然说，剧团解散了。我脚步一缓，转过身看她。她脸上很平静，说，其实知道会有这么一天，只是心中抱有一个念头，想演好妹妹，演好伊里娜，至少演完她。一瞬间，我俩陷入沉默。

后来李可意去上卫生间，剩我一人。我慢慢走，不知走了多久，李可意还没回来。铃声响了，一位老师走出教学楼，在不远处犹豫地站了一会儿，然后突然走来，问，你是二〇〇三级的罗小小同学？我说，老师，你记错了，我是二〇〇五级的。她说，没错，就是二〇〇三级。她的身高矮了一截，鼻梁上架着金丝眼镜，腿脚略瘸，总体恢复还行。她正是我小学班主任袁老师。

我俩在原地交流了一会儿，她眼神尽是感慨，一个劲儿说岁月不饶人。等她要去吃饭时，李可意正好回来。袁老师愣了一下，嘴唇翕动，思索良久，一个字也没说。我正想直接告诉她，李可意一个箭步向前，握住袁老师的手，轻声说，老师好，我是李可心，也是班上同学。李可意神色自然，阳光下，侧脸的下颌线分明，嘴唇丰满润泽，像透明的水蛭。我一下就闭了嘴。袁老师愣了一下，脸上旋即挂上笑容，与李可意寒暄。后来我就凑不上话了，最后，两人拥抱了一下，袁老师依依不舍向我们挥手告别。

我们走出校门口，临近寒假，天气却不怎么冷，阳光继续照着。李可意逐渐走远，我遥望前方，下定决心，掏出手机，拨通那个迟迟不敢接听的电话。

梦想家

小南是一位胖姑娘，三十好几，从未谈过恋爱。

她的父亲是街上炸油条的，在家门口摆了一个摊。母亲是超市的收银员，上早班，也是超市最后一个走的。小南平日爱窝在家里，抱着大黄看动画片，一动不动，父亲在门外喊她也不应。总要等父亲亲自进门拍一拍她脑袋，她才不情不愿起个身，上个厕所，然后回来继续盯着看。她一天看二十四集动画片，上下午各十二集，这个习惯已经维持二十余年了。

父亲年满六十岁那天，中午十二点，照例喊小南出来吃饭。小南穿着昨晚的白色睡衣，磨磨蹭蹭趿一双小白兔拖鞋出来，父亲盛好饭，摆在小南面前，又在碗内搛了许多菜，小南坐在粉色小木马椅上，手持勺子，一小口一小口把饭菜往嘴里送，渴了，便咬住放在一旁的塑料吸管，慢慢地吸吮。

父亲用筷子夹了一块鱼肉，挑去刺，在嘴边轻轻吹了吹，然后放在小南碗里。他问，小南，你知道今天是什么日子吗？小南摇头。父亲咳嗽两声，说，再想想。小南仔细想了想，动画片要开始了，她放下碗，起身准备要进屋。大黄嗅到香味出来，跑到小南脚跟前，仰头汪汪叫，父亲远远扔一块肉骨头过去，说，坐下。大黄伸着舌头坐下了，尾巴摇来摇去。小南蹲下摸着大黄的头，肉骨头吃过大半后，残留有不少肉丝，被大黄咬在嘴里。父亲看了一会儿，门外传来客人买油条的声音，连忙放下碗出去了。

油条摊的生意大不如前，以前一天能卖数百根，一大清早揉面，热油，只专心炸油条和葱油饼，现在一天顶多卖出四五十根，大多是在早上，只好兼卖豆浆，豆浆盛在一个热水壶中，自倒，两元一杯，挣点面粉钱。过了六十岁，身子也总出毛病，晚上父亲咳嗽，要吃药，在背部贴膏药，然后泡脚。他对一旁的小南说话，叫她多出去走动走动，多见见人，都是大姑娘了，不要老窝在家里。小南从不听，光顾和大黄玩。母亲在一边拖地。

冬日的夜，暗得极快，小南玩累了，早早上床，搂着毛绒玩具入睡。最近她老爱做梦，但梦见什么，一早起来全忘了。早晨睁开眼，窗外是朦胧的灰，她躲在被子里冥思苦想，直到父亲敲门喊她起床。

锅是热的，父亲一早就下了米粉，因为小南最爱吃米粉，他站在一旁咀嚼油条，吃完一根就饱了，然后出门摆摊。这几日下了雪，外面是一大片银白色，不少雪花贴在窗户上，融化成一串串水珠。小南穿着父亲准备好的毛绒大衣。米粉上覆有一个煎鸡蛋、一些葱花，她低头把葱花挑出来，甩在地上。吃完米粉，她还是没想起昨晚梦见的内容，于是不想了，进屋看动画片。

大黄最近也不和她一块看了，或出门蹲在油锅旁嗅动鼻子，或一溜烟不知跑哪儿去了。家中就她一个人，屋子里是温暖的，她的旁边有烤火炉，总是不知不觉就歪头睡着了，等她醒来，动画片已经放完了，只好重新放一遍。一有年轻一点的男性客人，父亲总爱喊小南出来帮一帮忙，拿一个塑料袋什么的，声音很大，隔着两扇门也能听见。

一天，父亲在门外炸油条，又喊她的名字，说大黄被油锅烫着了。小南急急忙忙跑出来，发现大黄窝在屋檐下正睡觉，父亲自顾在一旁下油条，好像刚才那声音不是他传出的。门外积雪，有一对年轻人在空地上接吻。

超市就一个收银员，由于太过劳累，小南的母亲病倒了，一星期没好，超市便解雇了她。

没有钱去医院，小南的母亲在家卧床不起，身上盖了三床被子，仍打着哆嗦，直叫冷。父亲又出去买药了，小南试着触碰母亲的额头，发高烧，温度似乎能够煮熟鸡蛋。她在一旁不知所措，从未有人教过她如何应对。父亲还没有回来，大黄被拴在门口看摊，小南百无聊赖坐了一会儿，突然母亲的眼睛睁开了，伸出一只手紧握小南的胳膊，喊了一声，小南。小南应一声，连忙凑近。母亲稀里糊涂嘟囔了几句，言语和父亲平日爱说的一模一样，小南一声不吭，心底想，原来母亲深夜磨蹭不去睡，要拖地，不只是拖地。

母亲一天未进水了，嘴唇像是干枯的橘子皮，她抚摸小南的鬓发，清醒片刻，说了两句话。第一句说，小南，爸爸妈妈身体不行了，不能照顾你了。第二句说，你早已是大姑娘了，要快点找一个能照顾你的人。说完她轻轻闭上眼睛，小南推了几下也没反应，她把食指轻轻放在母亲的鼻前，鼻孔已没了气息。

丧事很快办完了，当天下午回来，父亲闷声继续炸油条和葱油饼，小南十年来第一次没看动画片，她趴在床头哭了，哭累了，就迷迷糊糊睡着了。

在梦里，她遇见一片森林，初春有积雪未融，白雪覆盖的树木遮天蔽日，有一只梅花鹿在解冻的小溪旁饮水，听到动静，抬头张望，一下就跑远了。一个背负箭筒的男孩在后面追，空气中有清冽的松木气味，一只蜗牛在树干上缓慢地爬。

醒后，小南走出门，父亲不见了。她去附近邻居家打听，街上的年轻人都走光了，邻居尽是些耳聋眼花的爷爷奶奶，她问了好几家，才知道父亲是去了单身汉陈双喜家中。

这个人没有结过婚，更没有孩子，五十岁出头，一人在街上开着一家包子铺。

晚上父亲回到家，小南把父亲堵到门口，哭喊说，不要嫁人，不要嫁给陈双喜。

住嘴。父亲说，和他在一起，至少你不会饿死。

小南和陈双喜如期结婚，没有婚礼和鲜花，没有亲友祝福，只有一个红本子。

那天是小南第一次见到陈双喜，她牵着父亲的手，走到包子铺，面前是一个身材瘦小、面容苍老的男人。小南在他衣服上嗅到了面粉味，这是和父亲身上一样的味道。陈双喜戴一双橡胶手套，在清扫蒸笼和炉子，他矮着身子用火钳把炉子内的煤灰拨出来，装上新煤，火苗重新蹿起来。最底一层蒸小馒头和花卷，上面一层放发糕和粽子，第三层是烧卖和蒸饺，顶上一层才是包子，各式各样的大包子，像一个个柔软的白色拳头。蒸汽氤氲，陈双喜一开始没有看见她。他转身去里屋和面了。

婚后，父亲搬到陈双喜原来的房子住，陈双喜搬入小南家，小南还是坚持一个人睡自己房间。她本希望看到陈双喜有所反应，疑惑或者愤怒，她才能予以回击。然而她失望了，陈双喜点点头，花两小时工夫，收拾出一个小隔间，安上一架钢丝床，把枕头和被子搬到里面去睡了。

冬天还未过去。一大清早，陈双喜就走了。小南变得嗜睡，往往要睡到上午十点多才起，并开始频繁做梦。一天早上她闭着眼睛从床上坐起来，规矩地穿好拖鞋，走去厨房，在水池旁停下脚步，打开水龙头洗手，好像还没从梦中醒来。厨房里阴暗潮湿，刺骨的冷水使她打了一个寒战，慢慢睁开眼，视线里的场景逐渐变化，森林变成砖瓦房，清泉化作水龙头，花香散去，搁在一旁的是几根大葱和剥好的蒜，还有一大盆被塑料薄膜封住的猪肉馅。这些是陈双喜要做猪肉大葱包子的食材。

爸爸，爸爸。她喊了几声，没有人应。

她回到房间，昨晚的 DVD 没关，屏幕上在播《黑猫警长》，她打开抽屉翻找碟片，不一会儿，灰姑娘便出现在电视上。

陈双喜每次都回来很晚，家里的灯全关了，小南在黑暗中听到冲澡的声音。几次小南尿憋急了，要上厕所，陈双喜就赤裸身子走出来，等小南上完，他再进去继续洗。

洗澡用的毛巾、洗发露、沐浴露，全是其父亲剩下的，陈双喜用得很顺手。他是一个不多话的男人，厕所外过道上方的遮雨棚坏了，他光脚站在寒夜的水泥地板上，雪花无声飘落，融化在他的胸膛，他也一动不动。有时，等的时间或许太长，他便去厨房看看做包子的食材是否备齐，以免耽误明天的生意。

上完厕所，小南回房间把门反锁，继续睡觉。她渐渐爱上做梦，好几次她都要追上前面的那个人了，可总是在半夜惊醒。窗外起风了，晾衣架上挂着的衣服被吹得鼓起来，黑魆魆的树叶纷纷被吹落。桌面上放有一杯水，杯中有月亮。等一刻钟还未睡着，她掀开被子拿出藏在抽屉里的安眠药，倒出两粒扔嘴里，冷气从窗户缝隙里钻进来，她凝神看着杯中月亮，之后将水喝下去，捂紧被子，然后等待梦境到来。

那天晚上，她第一次梦游走出家门，一个人在街道上走。要过元宵节了，家家户户门口悬挂花灯，街上热闹，卖花生糖、卖烤鸭、卖爆米花的吆喝声不绝于耳，却都没有打扰到她，也没有人发现她尚陷于睡梦中。她从熙熙攘攘的人群穿过，一直走到街道尽头，待她醒来，前方是一堵墙，没有路了，夜空中有满天繁星。她停下脚步，抬头看一会儿，时间过去，繁星慢慢消隐在黎明前的最后一缕黑暗之中。她慢慢往回走，家里一片漆黑，陈双喜在隔间睡熟，鼾声如雷，大黄前肢捂着耳朵，俯卧在墙角。她悄悄关上门，没有人发觉。

两人在饭桌上吃饭，这是他们一天内为数不多的碰面。

明天元宵节，咱们晚上一起出去走一走吧！这是她第一次主动和陈双喜说话。

陈双喜思索片刻，便拒绝了。他说，有这工夫，能多做几十个包子，或者多睡一小时。家内一时陷入无声。

节日当天，小南出门去买了纸糊和竹条，收拾收拾橱柜，还有几根蜡烛。从床下找出搁置已久的图画本，上面有制作次序，小南试着做完一个简易版小灯笼。夜色降临，她提着灯笼去找父亲。

父亲病倒了，在屋内不断喘着粗气，喉咙里发出咕噜咕噜的声音。看到小南来了，颤巍巍下床，煮一碗汤圆，然后两人坐在床头，他看着小南吃。

房子很干净，大概陈双喜时常来打扫，虽然他一次都没提。小南吃完汤圆，把碗递到父亲手里，平常这个时候，她已服安眠药睡下了，现在不免有些犯困。

他睡了吗？父亲问。

小南点点头。

那你要早点回去，以免他担心！父亲说。

父亲把小南送出门，小南临走前张了张嘴，想要说什么，却终究没有说出口。父亲回到房内，小南的小灯笼忘带走了，搁在桌上，发着淡淡黄光。他手上捧碗，目不转睛盯了一会儿小灯笼，随后一口气把碗里的汤圆水喝完了。

小南回到家，陈双喜果然睡着了，他也许太累了，最近睡得比她还早。这晚小南延续着那个梦：森林、鹿、男孩，这次追上了，醒来后天已大亮。节日第二天，好像昨日一切都已不复存在。

屋内一如既往没有人，小南睡衣没换，抹着眼泪跑出屋子，门口一个七八岁的小孩在踢皮球。

你怎么了？他问她。

昨晚我梦到那个人了，她说着说着又哭了，可一醒来，却忘记他的样子了。

父亲死了，是在节日过后的第二天被人发现的。发现的人是一个小偷，他当时慌慌张张跑出门，迎面撞上来送晚饭的陈双喜。

小灯笼就放在父亲的枕边，灯火早熄灭了，桌上还有一个空碗，除此之外，什么也没留下。

父亲的骨灰被葬在临近不远的青城山上，在母亲旁边，共用一个坟墓。那日下雪，烧尽的纸灰纷飞，陈双喜看着跪倒在雪地上的小南，她披头散发，面孔被火光映得通红。下山时，才发现阶梯两旁种植了很多松柏，被雪打湿了，有小蜘蛛在结网。

两人一前一后下山，陈双喜跟在后面。雪地路滑，好几次小南驻足，中途从鞋子里倒出几粒小石子，陈双喜跟着停下，没有交流。他从不会抢先走在前头，也不会并排。天上大雪纷飞，无星无月的夜，雪把夜下白了。小南仰起面孔，她的睫毛凝结了冰晶，两手拉下红色的围巾，深深吸了一口气，她突然回头说：

我们离婚吧。

不。陈双喜摇头，不假思索地拒绝了。

两人回到平地上，对面建有一座寺庙，一些年轻家属在里面号，还有一些和尚在闭目念经。

街道静悄悄的，一个人也没有。小南进屋前换鞋，无意间发现对面十余米处新开了一家鲜花店。

这场雪正式宣告冬天的结束，春天泛暖，人人都脱下臃肿的棉袄，出来活动。陈双喜个子不高，肌肉却结实，搭一条毛巾在肩膀上，光着膀子卖包子，客人络绎不绝。

小南窝在房间看动画片，外面吵，她就起身把门关上了。前些日子大黄的肚子凸起，走路慢吞吞，小南抱得吃力，直到后来生下几只狗崽，她这才明白怎么回事。

笨狗，笨狗！小南举起扫把打它，大黄汪汪汪地叫唤，在房子里跑来跑去，陈双喜回来，大黄立马溜出门，小南追上，一人一狗跑对面去了。陈双喜轻轻阖上门，听到在厕所走道堆煤处后面有几声叫唤，便走去看看，拿开撮箕和火钳，五六只胎毛未褪的小狗勉强睁开眼，看着他。

等小南回来，陈双喜已经把饭做好了，墙边有一个废弃的蒸笼盖，里面垫了一层白布，那几只小狗躺上面睡得正香。陈双喜盛饭，抬头看到小南，她的手里捧着一束鲜花。

这是谁的？陈双喜指了指那花。

对面花店老板送的。小南回答。

陈双喜“哦”了一声，便不再问了，低头喝汤。

小南没有吃饭，脱鞋回到自己房间，并把花插在窗台作为摆设的花瓶里，趴着看。天快黑了，日光渐渐消散，树叶的颜色一点点加深，阵阵雷鸣从云层传出，她站起来，起身去把外面的衣服收了，回来继续趴着看花。

良久，淅淅沥沥的雨水降下，好像有人在天上浇水。小南坐在桌前，突然想起刚才遇见的那个人，他也在浇水，分明是第一次碰到，小南总觉得好像在哪儿见过。在梦里吗？小南问自己，但自父亲死后，她已不再做梦了。

它在里面，进来找一找吧。

他的鲜花店明亮而干爽，她没有想到老板只是一个看起来二十岁出头的年轻人。

他递给她一个手电筒，一路上见到好几个已被撞倒的花瓶，店内深处，大黄正跪伏在一处角落哀鸣，它的右后肢流血了，旁边有一地碎玻璃碴儿。

花店的卫生纸用光了，他只找到绷带和碘酒，小南要回家拿，却被他拦住了。

他在原地站了一会儿，然后低下身，轻轻摘下一朵摆放在一边的月季花，黄色花瓣触及大黄那流血的部位，花瓣吸吮鲜血，红墨水似的液体慢慢流向花蕊中，根茎也变得异常明艳。血止住了。

他把余下的月季送给小南，她没有拒绝，像小姑娘一样红着脸，把花揣在胸口。

隔天，小南主动送一袋苹果到鲜花店。他取出一个，把苹果横向切了，两个人面对面坐着，各自吃了一半，吃完他又取出一个，两个人边吃边互相看对方手上的半个苹果，他们什么也没说。苹果很快吃完了，她离开了。

他们开始互相送礼物，小南桌上花瓶里的花每天都要换一束，大黄也爱跑到鲜花店玩耍，把狗崽们扔到一边，饿得它们呜呜地叫，陈双喜在晚饭前回家见着了，只好喂些牛奶。

邻居的言论使陈双喜感到不安，那天，他早早卖完包子回来，把小南锁在家里，不许她出去。小南哭叫着，又打又踢，把橱柜里的碗都砸碎了，擀面杖落在水池里，面粉扬在半空中，像是一场细碎的雪花。

你不懂什么是爱。她气喘吁吁地把藏在自己房间的各种动画碟片翻出来，一个个扔向他，然后踮起脚尖，望着眼前这个比自己矮半个头的男人，大声重复说了一遍，你根本不懂什么是爱！

小南扔累了，就回屋去睡了，留下陈双喜一人在门前抽烟。他并不时常抽，因为没有哪个客人乐意买一个烟鬼做的包子。烟雾缭绕、咳嗽或者吐痰，这令大多人感到厌恶。

你根本不懂什么是爱。小南的这句话就像一把锋利的刀，在他的脑海里不时扎一下，使他感到一阵生疼。什么是爱呢？他点燃一支香烟，慢慢地抽，慢慢地思索，抬头是砖和瓦，以及房梁。他渴了，水壶里没有水，于是走去烧了一壶，趁着空当去上一个厕所。前些日子下雨，走道上的遮雨棚已被他修好了，一堆堆干燥的黑煤散发着幽光。

一支烟的工夫，他重新回到小南的房间门口，水壶发出咕噜咕噜的声音，他打开水壶盖子，指尖刚触及水，便不由自主缩回来。水还没开，漫长的等待使他感到莫名焦躁，他把上衣全脱光了，并在上衣口袋里摸索片刻，掏出一把钥匙。这是小南父亲在他结婚时给他的，一年多以来他第一次拿出口袋。对了对孔，正合适。紧接着，他听到了钥匙打开锁的声音。此时水还没有开。

第二年，一鸣出生了。

小南奶水不够，每晚都要喝一碗黄豆炖猪蹄汤才入睡，天还没亮，她被一鸣的哇哇声惊醒，掀开被窝喂奶，胸襟湿一大片。陈双喜花十个中午时间做好一架婴儿摇篮，她不用，宁可自己抱着，抱不动了就放在床头。她俯身亲吻孩子面颊，嘴里嘟囔，宝宝乖，宝宝乖。

近些日子，早餐店如雨后春笋般一个个开张，陈双喜没有请人，坚持自做自卖，争取生意，每天都要很晚回来。这时孩子早就睡了，他侧耳在门前听，听一会儿，洗个澡，也去自己床上睡了。狗崽慢慢大了，六只狗崽，冻死一只，饿死两只，余下三只成天跟在大黄屁股后头，在街上四处晃悠。

那天，天气晴朗，太阳懒洋洋地悬挂在云层上方，小南抱着一鸣出来晒太阳。路边有卖糖炒栗子的，她走去免费尝了一点，并不好吃，便打消购买的念头。这时，她注意到不远处有摆摊卖玩具的，除去一些小玩意儿，其中还有一只机器狗，把后部发条一拧，它便会汪汪叫两声，然后在原地转圈。摊主是一个蓬头垢面的老大爷，两手抱膝蹲坐，嘴唇干裂，好像还没吃饭。小南动了恻隐之心，买下一些毛绒玩偶，然后抱着一鸣走到陈双喜的包子铺跟前，大声嚷，还有包子吗，给我两个！

艳阳高照，陈双喜在熬煮豆浆，用毛巾擦了擦汗，走过来，打开蒸笼看了看，用塑料袋装了两个肉包子递给她。她接过袋子，转身头也不回地走了。回到玩具摊那儿，大黄正和大爷争抢玩具狗，它的三只狗崽把玩具叼在嘴里，抛到天上扔下来，地上四处都是零件。玩具狗不动了，声音变得很小，像猫似的。大爷一屁股坐在地上，呜呜呜地哭了。

大黄领着它的狗崽走了，这时，她看到他出来了。

他出来给花浇水，把盆栽一个个搬到门口。一年了，花店一切照旧，他的样子也一点没变。她不由自主走过去，指指离得最近的盆栽，上面光秃秃的，仅留有几根树干。

这是什么？她问。

梅花，现在还不到开的时候。他抬头看了看她的胸前，孩子真可爱。

她的胸襟又湿了，只好背过身，孩子在她怀里哇哇哭起来。陈双喜走过来了，他看了看孩子，对小南说，你先回去吧。小南点点头，抱着孩子走了。

陈双喜放下心，拍拍年轻人的肩膀说，有空可以来我家吃饭，和我说一声，我亲自招待。然后扭头回包子铺了。

年轻人没有说话，也没有起身，他还在浇花。

一鸣很快就学会走路了，尽管有些踉跄，要人扶着。这段时间，年轻人一直没有来，陈双喜偷偷溜到小南的房间，桌面上，花瓶空空，蒙了层灰，重新成为一个摆设。

一鸣不爱说话。她很挑食，要么把不爱吃的全挑出来，倒在桌上，要么不吃饭，一个人在房间待着，玩小南买的玩具。

妈妈，妈妈，你看见圆圆了吗？一天，一鸣光着脚，揉着眼睛走出来。

小南正在煮饺子。锅内咕噜咕噜冒泡，皮馅显露出来，她又加了半碗水进去。

妈妈，圆圆好像不见了。一鸣还在喊。

小南脱下围裙，把袖套取下来，打开瓶盖倒了半碟醋，然后盛了两碗饺子，其中一碗递给一鸣。一鸣没有接，把双手背负身后，噘着嘴走开了。

饺子煮的个数应该够吃了，小南这样想着，然后把火关了。她握住锅柄，把整个锅里的东西倒入一个准备好的盆子里。陈双喜中午回来一趟，带了些鱼和肉，还有些水果，说晚上有客人来。她轻轻启开高压锅，鱼和肉丸也都蒸好了，她手上包了一层湿布，又一个个端上桌。

大门响了，小南走去打开门，门口站的是陈双喜，还有那个她做梦也没想到的男人。

三个人坐在木桌前吃饭。

一鸣，一鸣！我的孩子，快出来吃饭了！陈双喜大声喊着女儿的名字，然后回头对年轻人颔首示意，瞧，我们一家过得多幸福。

良久，一鸣抱着几只毛绒小猫出来了，眼前的两个男人她都不太认识，她平日只和妈妈在一块睡，这时只好可怜巴巴地搂紧她的毛绒小猫。

饭桌上，各吃各的。她鼓起勇气对小南说，妈妈，圆圆找到了，它就藏在枕头底下，和欢欢在一起。

谁？你说谁？陈双喜放下碗筷，大声和女儿交流。

是欢欢，和圆圆。一鸣怯怯说道，抬起头，望着眼前并不熟悉的男人。她的臂膀松开了，揣在胸前的几只毛绒小猫露出来。

什么玩意儿？这他妈不就是一堆破烂玩具吗？陈双喜抓起毛绒小猫，放眼前打量了一会儿，随手丢到一边，一共三只，一只扔得比一只远。

它们有名字的，是小妮、欢欢和圆圆。一鸣哭喊着跳下椅子，把一只只毛绒小猫捡回来。小猫的毛脏了，白猫变成了黑猫，耳朵上全是灰。小南站起身，去厨房拿了一块干净抹布，把三只小猫一只一只擦干净。

一鸣不哭了，小心翼翼把三小只揣在衣服里。四个人继续低头吃饭。

大黄卧在一边汪汪地叫，三只狗崽也跟着叫了，此起彼伏，它们都饿了，小南扔下几块肉骨头，就像许久前父亲喂狗那样。

把欢欢和圆圆给我看看好吗？

一鸣听到这句突如其来的请求，遽然抬起头。她紧绷的身体放松了，把两只毛绒小猫慢慢从桌下递过去，递到坐在她对面的年轻人手上。

喵——年轻人什么也没做，仅嘴里发出轻微的叫声。

一鸣的眼睛明显亮了，她没有说话，两手磨蹭着桌布，身子直往下滑，然后用桌布盖住脸和嘴巴。她乐不可支地笑了。

晚饭吃完了，年轻人还没有要走的意思，和一鸣坐在客厅的沙发上休息。小南去厨房洗碗了，陈双喜抡了一把菜刀，从水果袋里取出一截甘蔗，在案板上砰砰砰砍起来。声音很大，整个屋子都响着陈双喜的砍刀声。

陈双喜走出来，一鸣和年轻人正在玩手拍手的游戏。他走到年轻人身边，把刀放在正前方的桌面上，刀光闪烁。他递出甘蔗，说，你吃，很甜的甘蔗。说着好像怕年轻人不信，自己丢一块在嘴里咀嚼，他分明已经皱起眉头，却依然没有马上吐出来。

真的很甜。他说。

年轻人礼貌地收下一截，装在身后的背包里，说要带回去吃。桌上的那束光直晃，他想他要走了。

我送送你。陈双喜拉开门，跟随年轻人一块走到门口，小南也出来了，领着一鸣一起。年轻人的背影渐行渐远，小南叹了口气，看了看身旁的陈双喜，转身要回去，这时一鸣拉了拉她的衣角，仰头问，妈妈，爸爸什么时候再来？

鲜花店起火了，无数的花朵化为灰烬。年轻人出去一趟，隔天回来，整个花店都烧光了。

众说纷纭，谁也不知道是怎么回事，警察来了一趟，猜测是天过热导致自动起火。

据说那晚还起了风，风助火势，无数沾染火焰的娇嫩花瓣被吹上天，后如烟花般徐徐熄灭，照亮了一整条街。

两天后，没有人在意这件事了，各干各的。年轻人什么也没说，白天收拾花店残余物，找出一席铺盖，晚上就睡在店门口。

陈双喜继续卖包子，趁着烧水的空隙和面，趁着收钱的空隙擦汗，时常忙得连中饭也没吃。家里在重新装修，厕所与浴室分开，地面不再是水泥地，安上了一块块方形瓷砖。

那天深夜，他关了包子铺，并没有马上回家，而是去原来的房子，也是小南父亲逝世的地方坐一会儿，没有开灯，光坐着，什么也不干，等到明月高悬，他才起身回家。

家里黑漆漆的，很乱，锅碗瓢盆全浸在水池里，水龙头滴答着水。

小南披头散发地正坐在沙发上，看见他回来了，她起身走过来说，你看看，你做了什么？她拍打着陈双喜的胸膛，又吼又叫，一拳比一拳用力。他没有说话，只是看着她。一鸣出来上厕所，被吓哭了，抱紧她的小猫，站在门口不知所措。他领着一鸣上完厕所，并将其送进房间，回到原地继续看着小南。

突然，她把脸靠到他的胳膊上，衔住手肘内侧，用力地咬下去，泪水濡湿手臂，胳膊上渗出了血，两者混在一起。她舔着伤口，舔干净血与泪，然后压低声音说，你也咬我啊，咬啊！

她把胳膊赤裸裸伸到他面前，他没有咬她。他把衣袖褪下来，遮住伤口，转身往浴室走。

后面的声音无限哀伤，她流着泪说，你始终不懂什么是爱。

他没有说话，也没有回头。他想他今晚得早点睡，明天一早又要做包子了。

风吹走一切声音，已是深夜，大黄站在蒸笼旁边，三只狗崽早已睡熟了。最近，它身上的毛被剃光了，尾巴秃秃的一截，像根香肠。站着太累，它试着屁股着地，坐下，坐着也太累，最后它干脆卧躺下来。

厕所走道的瓦上窸窸窣窣响起声音，不一会儿，它又看到那个出现的人影跳下来。那个人照例喂了它几块肉骨头，摸它的头，然后去敲小南的门。它把骨头吃了，它很困，很快就睡着了。

客厅有一个大水缸，里面有满满一缸水，它醒来时，发现有一只手往下摁它的头。它呜咽着，身上软绵绵的，侧目而视，三只狗崽身上全被水湿透了，早已奄奄一息。不久，呜咽的声音停止，它一动不动。

第二天黄昏，陈双喜进完货回来，新装修的房子里乱七八糟，很多东西都被搬光了，客厅的沙发也不见了。

他大喊，小南！一鸣！

没有人回答。

他走到小南的房间，门没锁，他一下就推开了。房间里有呛人的灰尘味，被子和枕头都还在，除此之外，床上空空。桌面上的花瓶也是空的，瓷做的花瓶，瓶面有几条青花纹路，瓶口有一只从窗外钻进来的蜜蜂在爬来爬去。蜜蜂听到动静，扇动翅膀，嗡嗡嗡在房间内飞，他目不转睛盯着，蜜蜂又飞了一阵，钻进一个柜子缝隙里去了。

他慢慢走过去，俯下身。那个柜子很旧了，是过去小南塞动画碟片的柜子，内侧的螺丝都生锈了，很不方便打开。陈双喜使了使力，猛地往外拉，只听咯吱一声，柜子打开了。

上方凌乱地摆放着一些动画碟片，他拨开，下层是满满的各式各样的鲜花。红的、黄的、蓝的，整齐摆放着，大部分都枯萎了，已放有一段时间，还残留着淡淡的花香。

他轻轻关上柜子，回到客厅。墙角有一个搁置已久的炉子，他把它提到客厅中央，添了几块煤进去。天太冷了，他想他需要烤一会儿火。整个房间都是黑的，火星从炉子里噼里啪啦冒出来，火苗蹿起来了。他好不容易找到一个小板凳，搁在炉火边坐下，盯着火焰。

他一天都没吃饭，感到饿了，想到裤兜里还有两个包子。这是他自己做的包子，包子被塑料袋装着，已经冷了。他拿在手里咬了一口，咽进肚子，包子很好吃，他很快就吃掉了一个。这是他第一次吃自己做的包子，皮薄肉厚，难怪客人一直都爱吃。

他把第二个包子放在火上烤，前方是一堵墙。他想，她会回来的。他对着墙说出口。他又想，她们会回来的。没有人回答。

炉火不知怎么的，很快熄灭了，他挽起袖子，拿火钳拨弄了两下，火还是没烧起来。手臂上露出一排整齐的牙印，他抚摸着伤口，站起身，听到外面窸窸窣窣的声响，走去拉开门闩。

街道在下雨。

青歌

我和三胖第一次看见青歌是在太平街附近的铁路边上，他低头弯腰，在石头缝里找硬币。

碎石头堆里两棵松树的枝干斜斜地伸出来，隔山坡两百米，绕着太平街的是一条长长的铁路，这铁疙瘩是二十世纪八十年代建的，到现在一直没维修，老远看像是一条被打折的绿皮蛇，在太平街口那儿以一个不可思议的弧度弯下去，形成一个巨大的"弓"形，火车到了这儿通常都会慢下来，汽笛呜叫，像是努力憋住却止不住打出的闷屁。

每当这种声音一出现，火车上就会纷纷冒出人头来，男女老少都有，他们捂住衣服侧身想将身子努力往外探，大多数人会匆匆丢下几枚硬币，砸向路牌，扔向铁轨，使劲儿朝不远处的山坡扔去，旋即关窗。丢硬币的人通常都是跑去垦丁阴阳庙烧香祈愿的，他们来自外地不同地区，一趟火车，将这伙人聚在一块。因为这儿离火车目的地不远，就几千米，往前是一条笔直的路，在这儿抛硬币，“弓”形凸处，说是阴阳交汇之地，寻个吉利，聚财、好运、保平安。

垦丁离太平街只隔半个山包，翻过去就是，可这一带围了栅栏，近两年没法翻，只有火车可以通过铁轨过去，公路都没有通。这一山都是树，阴阳庙先前人烟稀少，哪知这几年越传越神，特别是有几个倒霉蛋跑这儿抱着试试看的态度祈福，回乡没多久还真发了，一下子，垦丁被隐隐吹成了这一带的“小耶路撒冷”，外国人都跑来了，有文化的都说这是“朝圣”，没文化的说是“拜菩萨”。总之人们半信半疑，来的人不少就是凑个热闹。因为这，铁路局还开凿隧道，将山挖了一个圆窟窿，专门多加一条铁轨通过去，说是方便游人，拉动地方经济增长。一路杂七杂八各种费用，少不了三四位数，烧香还要钱，于是丢下的金额往往极低，几分、几毛，分散得稀稀拉拉，所以极少有人肯抛下面子过来捡。每天都来几趟火车，每天都会撒下些硬币，它们藏在铁轨间、丛林、山口、路牌边，不动声色，闪闪发亮。

没人来，干脆这些钱就进了我和三胖的口袋。

我和三胖一块在化工厂实习，现在读化工技校还没毕业，索性就这么混着。化工厂里的人多是被分配过去的，没人愿意去，工资低，活还累，并且耽误时间，一天到晚面对的都是顶糟心的化工废料。化工厂老板想了个法子，专从化工技校引人去，学校、工厂不分家。轮到我们，按着成绩一路排下来，本来我、三胖、二毛都被学校一个箩筐装，分到了这破旧化工厂的车间实习，但二毛家是零货商，他爹大手一挥，就将他留在自个儿的杂货铺了，去化工厂的只剩下我和三胖了。

我俩去了一个月，那里机器轰隆隆响，废料堆一间屋子，就搁几块门板挡着，地上潮湿，光照不进来，整个地方湿漉漉的，靠着几个百瓦小灯泡照着。在那儿工作的没有年轻人，都是些糟老头子，俗称“师傅”。师傅带我们实习，说是一人带一个，我和三胖各分了一个。三胖跟着的师傅是个老色鬼，五十好几还是单身一人，拉着另一位老阿姨，有事没事就往宿舍里跑。三胖学不到东西，就喜欢坐板凳上透过洞眼瞧，一天到晚无所事事。我那个师傅好一点，号称车间“老大哥”，对我说教两天，开始挺负责，教这教那，后来人就没影了，把活交给我，自个儿去外边喝酒。一次他喝得醉醺醺，带酒回厂间，运气不好，酒精引起化学反应，起了火，厂里一房子烧了个透，听说那“老大哥”工资没拿，没多久就滚蛋了。

厂里挺无聊，还不如学校有姑娘耍，那阵子我和三胖灰头土脸，戴了副手套没事围着厂房绕圈跑，三胖老偷懒，他说跑步出汗，减少身体水分，这样不好，于是跑着跑着就躲墙角睡觉去了。我享受撒开腿跑的感觉，风呼啦呼啦扑在脸上，这使我感到周围的空气都快速流动起来。这事被化工厂老板发现了，义正词严批评我俩好几次，脸色铁青，我俩没搭理他。后来我俩听说可以请假，索性和负责人请了一天，说是一天，后来我们就挂个名，再没去过了。

我们俩跑去铁路边上捡钱，早出晚归，带上个塑料袋，穿过生锈的铁丝网，在那儿我们碰见穿白短袖、七分毛裤，脑袋后面扎个小辫子的青歌。

当时我专心致志地低头弯腰摸索地上的硬币，这些银闪闪的玩意儿往往躲着太阳，藏在石头夹缝的地方。我俩需要计算火车来的时间，到了一定时候就赶忙跳到山坡上，等火车过去，有时黄昏到来一不小心看错，还容易弄脏手，于是索性将厂里发的那副塑胶手套戴着，在铁轨边寻找。我和三胖各自分配在不同的地方，可他往往找到的比我多，起初我以为是他划定的地方多，后来才知道他那眼力是练的，对着昏暗的洞眼死命瞧，不好才怪呢。

碰见青歌的那天，三胖跑过来和我说看见个姑娘，好像年纪不大，腿细长，背影挺漂亮，我问在哪儿，他指着身后的轨道说不远，差不多两百米，于是我俩屁颠屁颠去找，到了目的地，三胖指着青歌弯腰的背影说，喏，这就是了。

三胖是个大嗓门，因为在这儿捡东西说话必须大声，否则火车来了听不见，他扯我衣服，声音弱下去。风从垦丁那边的铁路方向灌进来，逐渐开阔，过了两千多米在这儿停留，变换成轻微的草动。前面的背影踩在草丛间发出窸窸窣窣的声响，脑后的辫子晃来晃去，奇怪的是，太阳照下来后，从我这个角度看，能感受到有种柔软的质感。

“你们想要的话就归你们了，”那人回过身，看得出有一些本能的戒备，像是一只松鼠遇见另外两只偷抢松果的同类，“就一点零钱，大不了我去其他地方找！”

说完那人就要走，这时我和三胖才回过神，原来他把我俩当抢地盘的人了。“我俩又不是土匪，化工技校高才生呢。”三胖嘟囔两句，有些失望，他看出眼前的“姑娘”其实是个男孩。

这个扎辫子的男孩有些瘦，纯白的短袖穿得松松垮垮，脸瘦削，小小的，巴掌大，显得眼睛格外有神。他弯下腰将裤子勒紧往上提成六分，准备走，但裤腿老掉下来，他不得已又往上提。

他从我们身边经过，抬起头，看了我一眼，愣住了，他停下脚步说：“是你呀，你经常绕着化工厂跑步对不对？”

我朝他看去，他见我没说话，又说：“前一阵子老看到你在化工厂绕圈，我在山坡上隔很远看的，你每次只跑十圈，我数过！”

他又朝三胖看去，似乎对他没印象，干脆就转过头。我说，一块找个地儿坐坐吧，他犹豫片刻，头轻微点了几下。

我们仨找到一个地方坐下来，火车哐当哐当驶过去，不知从哪儿来，只知道去往前方的垦丁。一些硬币闪闪发光抛向空中，这群人学聪明了，不探头，只需要将手里的硬币扔出来。

这个叫青歌的男孩不是本地人，他爸是一名列车员，工作前一天还和老婆孩子拥抱告别，后一天已经在火车上跟其他女人跑了，再也没有回来。他随着他妈一路从遥远的北方到了这里，来到太平街一带。两地气温千差万别，这事着实困扰了他一段时间，后来他将不需要的衣服全都换了，多换成短衣短裤，棉袄基本省了。初来时候他俩吃了不少苦，特别是他母亲哭得稀里哗啦的，太平街的人都是一群人精，还排外，他俩融不进去，路又远，于是就在这附近一带马虎住下了。“喏，那是我妈开的米粉店，都将近一年了，这年头租金贵，好的地儿不好找，这都是我妈和人家软磨硬泡租来的。”青歌伸出手指头，对着不远处的山头指，那儿屹立着几棵松树，枝干随风哗哗地响。

“你们现在看不到，往后走才是，被大树都给盖住了，就一段石头路。”青歌说。

我想我大概知道青歌说的那个地方，那儿离化工厂不远，跑步十分钟就可以到，一条弧度极小的上坡路，门面在山头开着，老远看像个码头，在化工厂的工人都是那儿的常客，不贵、量足，饭菜一字排开，几元钱可以随意夹，管够，完后还可以带一盒饭菜回去。实习时我还和三胖一块去过，是我师傅大气地请了一回客，菜都是家常菜，味道一般，吃起来索然无味，我动两下筷子就不吃了。为此我师傅生我的气，说不吃就赔了，于是自己拼命吃，差点吃进医院。

“其实食材大多是前一两天备置的，不新鲜了，”青歌解释说，“我妈挺鸡贼，配在小盆里的菜多是青菜、豆腐、香干之类的素菜，顶贵也就加些鸡蛋、猪肉，菜上放了很多辣椒、葱花，显得好看。很多来吃的人都以为赚了，其实再死命吃，店里也不会亏。”

“真正好吃的是粉，汤底都是骨头熬的，这个便宜，没多大挣头，我妈通常对客人说卖完了。”青歌说。

我们仨坐在一块，我和他大致说上一些关于我们化工厂和学校的事，他挺同情我们，说我们化工厂没意思，一天到晚黑灯瞎火在一个地儿转，阳光都进不去。他好奇地问：“待在那儿久了，不会熬出病？”

“所以我俩就逃出来了，可惜二毛没和我们一块见识见识！”三胖是个自来熟，伸手去拍青歌的肩，“在学校才有意思,可惜我们是化工技校,要是纺织类,姑娘多,你想看谁就看谁!”

“二毛是谁?”青歌又好奇地问。三胖盘起腿,将二毛的事添油加醋说一遍,好似二毛是一个十恶不赦的人。“这个叛徒,都不会有难同当!”三胖抱怨说,恶狠狠拔出身边的一株草。青歌懵懵懂懂听着,点头说:“如果是我,肯定不会丢下你俩不管的!”三胖挺感动,要请青歌去学校参观。

“我以前想去学校看看,现在不想了,”青歌缩了缩头,努力想往衣领里钻,明明快要到夏天,这个动作弄得和冬天似的,“还是待在外面好,想做什么就做什么,挺无忧无虑的!”

我们一块胡天胡地瞎聊,知道青歌没上学后,索性就不再提这个话题了。

周围的青草一点点被我们拔光了,露出一块平地,捡起石头,我们狠狠向不远处的铁轨丢去。近距离看,青歌实际长得比远看时还要小,他说话时很腼腆,语调很慢,说得紧张了,眼睛就不自觉往天上看。他脸颊上沾了些草屑,大概是先前埋头在草丛找硬币没注意,我指过去,他慌忙摸了摸,小心抚去了。

随后的几天,我们通常都会在老地方遇见青歌,他一个人站在铁轨旁,像是在等着我们。“人多力量大”这句俗语说的是有道理的，尤其是体现在捡硬币这方面。有了青歌，我们仨相互配合，捡的硬币比之前多不少，效率嗖嗖地往上增。青歌的速度很快，通常一瞄一个准。等到火车要来了，他最先知道，像是耳朵安装了雷达，率先跳上小坡，招呼我们上去。

“我想上火车跑去垦丁看看，听说那儿人挺多的，想见识见识。”青歌站着发呆，看着驶过来的火车，有时会冷不丁地开口。

大概是来太平街后吃亏惯了，青歌在捡硬币这方面格外不留余力。一个硬币同时出现在我俩面前，他往往会先我一步跑去捡起来，丝毫不让，也不留情。或许随后脸上会稍稍露出歉意，但这丝毫不影响他继续捡钱的速度。“算了，反正咱俩也就是玩。”三胖背地里安慰我。我倒是没什么情绪。这季节变化得猝不及防，天气热了，这段时间晚上辗转反侧没睡好觉，早晨被太阳一晒，脑子不清醒，老是昏昏欲睡。

我们休息的地方是一个迎风坡，靠着清凉的石头，风吹过来异常舒适。自打头晕后，往往我先上去，三胖随后，青歌还要捡一段时间，听见隐约传来火车的声音后，他才会不舍地上来。

“我带你俩吃粉去吧，”青歌坐在一边担心地看着我，“你铁定没吃早饭，肚子没填饱，看见钱都没力气捡。”

不吃早饭是我在化工技校养成的习惯，那时候就没有早上一说,往往中午才起。我们吹了一会儿风,青歌拉着我俩起来,可能太阳真有点大,他随手将脑后小辫子上的橡皮筋松开,头发垂到耳梢,配上白净的小脸,不仔细看还真以为是一个挺秀气的姑娘。他领路,草木成荫,路途全都是我和三胖较为陌生的,看得出他极为熟悉这一带的地形。树上松鼠都是幼年期,比老鼠大不了多少,从一棵树跳到另一棵树,枝叶窸窸窣窣摇晃,松鼠和我们仨隔开一段距离,时不时弄下些松果掉到我们头上。我的脑袋被松果一砸,更加眩晕了。

要不是青歌指出来,我还真认不出青歌和他妈是一个血缘出来的。他们所有的外形特征汇集起来,大概唯一的相像之处就是体形都瘦,只不过青歌瘦成野白兔,他母亲瘦成黄鸡,八竿子打不着的一对关系。

他妈挺警惕,大概是看我和三胖的气质离人模狗样还有一段距离,以为是诱骗青歌的社会小青年。要不是青歌反复强调我俩是“学生”,他妈恐怕不会让我俩进入这家店。只是她不知道我和三胖来自化工技校,一所当地上了还不如不上的学校。拿着化工技校的文凭去面试,通常都要倒扣分,进这所学校的人纯粹是没玩够,闲得慌。

整个米粉店就像个偌大的亭子,立在山头,用一把大伞撑着,远处下坡都是一片低矮的平房,稀稀拉拉藏在野草地中,里面大多不住人了。这会儿时间早,来的大多数是四五十岁上早工的男人。他们稀稀拉拉坐在小桌前，吃一两笼小包子、小烧卖，买一碗青菜粥或者冰豆浆，然后提着水壶去上工，我看见这群人中不仅有化工厂的，还有木料场、火电厂的，他们穿着不同制服走来走去，衣服左上角印的字显露出他们工人的身份。

青歌他妈一口咬定米粉卖光了，这个形似黄鸡的女人对我和三胖的身份依旧感到怀疑，围在锅炉前时不时透过热气偷瞄我们，直到我拿出学生证才作罢。哪有一大早就没有食材的，很显然，青歌他妈不愿给我俩下粉。这事我和三胖没法说，青歌站起来，拉着他妈跑到角落嘀咕，他妈死命摇头，对着我和三胖的方向指指点点，青歌还在坚持说什么，他从衣服口袋里掏出两枚光亮亮的硬币塞到他妈手上，他妈没收，推了推，把钱放进了青歌的口袋里。

他妈最后终于妥协，点头，擦桌摆凳，安排位子时我们一致选择那处在视角最高点的地方。那儿风大，头上太阳一部分被大伞挡住，另一部分落在旁边数棵有几十年树龄的老松树的枝叶上，空气在晨雾里格外清爽，隔着整条铁路和稀疏的平房，我们一眼看到的是高楼，是新建的大厦，熙熙攘攘，老远也可感受到其中的热闹，那里是改建的新城区了。

我和三胖要付钱，青歌没收，他说他捡硬币是凑钱买火车票，他只是想坐火车去垦丁瞧一次，现在钱快凑齐了，不需要太多了。“第一次来算我请，下次来再掏钱吧！”青歌认真地对我们说。很显然，他对于先前抢先捡硬币的事带着点心结。

“那么多人去，祈愿铁定很灵！”青歌对于那个未知的，总共才隔几千米的垦丁好似异常笃定。难以理解，他有个列车员的父亲，却打小从未坐上过火车，在父亲和其他女人跑后，他对于上火车的执念达到一个近乎执拗的地步。

他怎么想我和三胖都管不着，不好评判，我开始怀念起在化工技校时，我、二毛、三胖三人坐在学校天台一起谈钱谈女人谈人生的日子，只是现在二毛不在，人变成了青歌，谈人生这件事除了青歌外没有人再提。

我们吃粉的时候那群工人吃饱喝足，正零零散散摇晃着脚步去上工，有几个慢点的还在接免费的凉开水，他们一面将凉开水灌进自己的水壶，一面东张西望，顺手扯上两团卫生纸塞进自己的口袋。往我脑袋砸松果的那群松鼠绝大部分都没跟来，仅有那么两三只顽皮地一路跟到我们位子旁边的树上，它们跳来跳去，在我们头顶弄出不小的动静，我们拾起石子砸过去，它们太灵活，没几个碰到的。正巧有火车过来，石子在天上划出一道弧线，有些好像不小心落在火车玻璃窗上，清脆如乒乓球声，将抬手扔硬币的人吓一跳，伸出脑袋大声咒骂，说了两句，见没人，又将头缩回去了。

“现在租店成本太高了，特别是那些新开发的地方。我们这老地方现在也爱跟起风来，也不知啥时候涨，一群人老想在被拆前捞上一笔！”青歌低头看一会儿火车，又抬头望天，“有时候想自己有一房子出租挺好，待在屋里整天啥也不做，想要钱，钱就自动进入口袋！”

我们坐在位子上足足有一个钟头，我脑子的眩晕渐渐散去了，青歌望着不远处发呆，三胖咬着一次性水杯往嘴里一点一点灌，粉不够，又要求加量，不给钱都不好意思了。索性我俩都适当给上一些，这才让青歌他妈脸色好看不少。

店里差不多没人了，我们仨出门前，正好见着青歌他妈在和一人说话，那老男人秃顶，站在青歌他妈对面，比青歌他妈矮一截，肚子差不多是青歌他妈三倍还大，脚上挂一拖鞋，全身穿着睡衣，一面数手中的钱，一面嘟囔。青歌他妈完全变成另一个样，低头不断鞠躬，嘴里说：“就这些了，就这些了。”

我和三胖还想继续看，青歌站在一边默不作声拉一拉我，低声说：“走吧。”语气有些哀求的味道。我心中一动，拖着嘴里还在不断嘟囔的三胖一齐走下坡去。

月末发工资，这会儿是化工厂里人最齐的时候，平日没影的人通通冒出头来。一大伙人排着队规规矩矩在窗口领钱，不会缺一个，有时人还多了。我厚着脸拉三胖跑去化工厂，虽然我俩一个月内有二十五天都不在厂子里，但是没人和钱过不去。

发钱的是厂子里一老阿姨，有事没事爱往副厂长办公室跑，一出来，有人便看见她换了双黑皮鞋，过了一会儿，厂长出来了，穿的鞋是粉色的。厂里的人迫于厂长威严，只敢嘀咕不敢公开说。经常有人去厕所撒尿，看见她赶集似的跑到办公室那儿单独汇报工作，屁大的事可以汇报上几个小时。

她一个一个登记人头数，递钱时眼睛通常紧紧闭着，不忍看，好似每递出一笔钱如同在她身上割了一块肉。到我时，她抬头看了我一眼，笔在表上狠狠画了一下，露出冷笑：

“你没来过吧！”

“来了，每天都有签到。”我一面说，一面用手指给她看我托人签的字。

“我怎么没见过你！厂里人员中有你的名字吗？”老阿姨还是怀疑地看着我。

“我是化工技校实习生，请过一两次假回家，平日在厂房没事，爱在周边跑步锻炼身体，不信你问别人。”我说。

后面的人开始骚动，因为我这儿耽误了不少时间。老阿姨仔细对照一下签字表，皱着眉狠狠盯我几眼，最后还是把钱给我了。

三胖早在门口等我，旁边站着青歌是我没意料到的。两人站在一块，一高一矮一胖一瘦，三胖长得比同龄人成熟，倘若没洗脸没刮胡子，再往青歌那儿一站，不知道的还真以为是两辈人。

“进去看看？”我问青歌。

他摇摇头，反而对我手里用纸包着的钱产生好奇，他问有多少，我将纸包丢给他，他细细用手一摸，顿时就明白了。

“挺少的，还不如捡硬币呢。”他放回我手里，郑重说。

“能多才怪呢，都是实习生，这工厂效益也就那样，我俩还成天没来，能多到哪儿去。”三胖插嘴，说出我想说的话。

我们一路边走边低头踢着石头，三个人的影子并排拉得老长。这段时间我们相互之间说话极有默契，不多问，也不少说。先前铁轨边已经拔光草的那片平地上，又新长出一层，躺上面异常舒服。蚂蚱出来了，四处蹦跶。太阳太大了，我和三胖都没熬得住，只趁着落日下山前走动两下，捡上一点，其余时间都在树荫下避暑。青歌起初还坚持，身上肤色肉眼可见地变黑，捡的同时不忘注意来车的动向，一手努力对着太阳试图遮住眼睛。没多久他也不得已放弃，浑身大汗淋漓地和我俩坐一块。反正也没有人过来，扔在地上的硬币迟早是被我们捡到。

发的微薄的工资，都被用来换冰汽水喝了，青歌喝这个没出钱，他那一份是我垫的。他喝这个和我们常人不一样，老打嗝儿，还脸红，和喝了酒一样，他说以前没喝过这玩意儿。我问他喝过酒吗。他说他喝过，酸酸甜甜那种。我又问他知道什么是酒吗。他说他知道，高粱酿的嘛，他能喝三大碗！这话逗得三胖嘿嘿嘿地笑，青歌瞪了三胖一眼，把喝光的瓶子仔细贴身收好。

“这玻璃做的玩意儿可回收，实在不行还能装醋装酱油，挺实用的。”青歌说。

我们还爱往青歌他妈那店里跑，那山坡的视线高瞻远瞩，坐在上面有一种俯瞰天下的快感。我们随意点些东西，一笼包子或烧卖，每人一碗冰豆浆，能坐上好几个小时，将太阳发出猛烈光线的时间撑过去。对于我和三胖，他妈的脸色好看不少，大概是照顾她生意的缘故。那个大肚子秃顶男人自从第一次见着后就再也没出现过，三胖为此念念不忘，反复念叨，他说他老了以后就想成为他那样的，前提是已经结了婚，有个好看的老婆。

青歌对这方面兴趣不大，他还在努力攒钱，他说只需要再多一点，他的钱就够买火车票去垦丁了。“到那时，我要去阴阳庙敬三炷香，鞠三个躬，踩大脚步，将那地方上上下下里里外外通通走个遍！”青歌很认真地说。我劝他香火就在本地带，跑那儿买太贵，动不动就翻个几十倍，这儿菜市场一炷香和一根葱价格差不多，都需要成捆买。“你买上一捆，去那儿用不完，给每个摆像都上几炷，指不定摆像一高兴，你许的愿就都实现了！”我挺满意自己的回答，一面喝豆浆，一面将这个方法细细说给青歌听。

阳光弱下去的时候，松鼠也会多，这小东西也怕热，平常藏在树上不出来，一凉快全都冒头了，和要发钱时工厂的工人似的。我们在铁轨边捡硬币，它们跳下来捣乱，好好的硬币被弄到各处难寻的地方。它们什么都吃，蚂蚱也吃，俩爪子捧起硬币咬，咬两下咬不动就丢一边了，青歌气恼，每次都举起手大声说“还我还我”，并赶它们走，可总是没多久，这群被吓跑的松鼠又通通回来了。索性，我们就不再管了。

“这松鼠野，平时在林子里没人管，抱成一个个小团体，现在越来越无法无天了。”青歌对于一切阻挠他捡硬币的东西都很讨厌。我们都放弃了，他还边数硬币边唠叨。

“听说这儿也快要被开发了吧，不是成为旅游区，就是变成新城区一部分，树啊林子什么的都得砍掉，这野松鼠也不知能不能送去动物园。”青歌说着说着，语气一下子又低下去，替松鼠难过起来。他这种想法很奇怪，自己前一秒还在嫌弃，后一秒又担心起来。好在他说一会儿就不说了，专心数起硬币。

“多少了？”我随口问。

“运气好的话这个月就攒够了，去垦丁前我还要准备一下，得将硬币都换成纸币！”青歌说。

太平街一带的天迟迟不下雨，蛐蛐不要命地乱叫，天热，路又不好走，去往垦丁的火车比平时少了一半，票价也随之下降，这对青歌来说是一个好消息。受季节影响，我们通通调整生物钟，昼伏夜出，开始加班，青歌头发来不及扎，散着，穿着拖鞋就出门，以至于头发时常遮住眼睛，他一狠心，让三胖主刀，将头发全部剪短了。

化工厂的实习差不多要结束，我和三胖正忙着办理回校手续，替我们办离厂手续的又是那个发钱的老阿姨，这次她穿得中规中矩，盖章前她抬头看了我一眼，喉咙动了动，犹豫了一下说：“毕业后尽量还是别往工厂跑，特别是化工厂，提前提醒你，这厂撑不了多久了，留下来的都是带点感情的。”

“要多想想自己的前途！”老阿姨说。

那晚我和三胖喝了不少酒，喝完后在街上大声唱歌，我俩没叫上青歌，这和他无关。一路上行人都避着我俩，上了一个坡，人渐稀少，胡乱走，我们到达青歌他妈妈的店前。米粉店早关门了。被风一吹，酒渐渐醒了，我感到身子有点凉。我们看见青歌坐在最高处，正对着远处发呆，也不知是看着铁轨等火车来，还是看更远处的新城区，那里灯火璀璨。三胖嘟哝着喊了一声：

"青歌！"

他慌忙回头站起身跑过来，走近后仔细瞧我俩，嗅了嗅，说："你俩喝什么了，怎么成这样！"他进屋拿两杯漱口水和两条毛巾，我们一起坐在白天没撤掉的椅子上。

"我买到火车票了！"坐了一会儿，青歌突然开口。

对此我和三胖都很惊讶，青歌没去过售票处，也不熟悉路，我原以为需要我俩其中一个带他去。青歌小心翼翼从口袋里掏出一张皱巴巴的票，这票起了不少毛边，花纹图案都糊得看不清了，一点也不像是新的。我和三胖接过来凑到眼前看，票上日期显示的是五月二十多号，现在都六月了，很显然，青歌买错票了，又或者说，他被卖票的人骗了。

据青歌说，他本想联系我们，但我俩没在，他只好自己问路一直走到售票站，那儿的售票员问他要什么证，他没有，售票员就不肯将票卖给他了。正巧旁边有一啤酒肚戴眼镜的大叔，偷偷将他拉到一边，说自己有票，可以不用证件就卖给他，还打折。青歌一听觉得挺合适，就答应了，掏出所有钱换到一张揉皱的票回来。

"怎么了？"青歌见我俩一直没说话，有些担心，"是不是出什么问题了？别都不吭声。"

我和三胖无言以对，不好说实话，只好装作什么都不知道，安慰青歌说没什么事。"我有点困，想回去睡觉。"三胖喝太多酒,还没清醒,迷迷糊糊抚着头,挣扎着起身要走,我扶着三胖一块,临走前借到青歌买的那张假票。"给我瞧瞧,后天就还你!"我对青歌说。

这个卖假票的原来也不是本地人,这对我和三胖来说是个好事。第二天一早,我们俩就在售票站旁边脏兮兮的公用椅上找着他了,在青歌的描述里,这个人身材高大,有点胖,黑框眼镜看起来挺斯文。可能看的视角不一样,在我和三胖眼里,这人第一条就不符合,整个人踮起脚还够不到三胖的鼻梁,这人没刮胡子,睡眼惺忪,我们找到他人时,他还在睡觉。

在我和三胖的面前,他很快屈服了,承认自己卖假票,他不断旁敲侧击打听我们的身份,甚至全然不相信我们是太平街本地人。对此我们有经验,三胖拿出化工技校的学生证给他瞧,我拿出离开化工厂前那份证明在他眼前晃了晃。"化工技校毕业的?"那男人本来定了神,现在又心虚起来,想来我们学校的名声还是挺响亮的。

他苦着脸不情愿地和我们交换,看着他死死揉着那假票的模样,像是快哭出来似的。"至于吗?挣什么钱不是挣,一外地人非要售假票,这不没事找事吗!"三胖拿回钱包好,塞进裤子口袋,踢他一脚后说。

售票员和三胖带点亲戚关系,买两瓶小酒送过去,说两句好话，他亲戚一乐和，买票的问题就不是问题了。我们带着一张崭新的去垦丁的票回去找青歌。阳光铺天盖地，一切触碰的东西都在发烫，这明明是从天上来的，可我老觉得全部热气来自地上。我们在约定的地点没见到他。

“指不定他回去睡回笼觉了，这鬼天气，热得出不了门，”三胖打个哈欠，因为起得太早，显然还没有睡醒，“走吧，我们晚上或者明儿送去，反正也不差这点时间！”

他拉我短袖，我脑袋昏昏沉沉，在阳光下晒上一阵子，整个人发烧似的，视线模糊，莫名感到烦躁。“走，回去睡觉。”我招呼一声三胖，达成一致，一起回家。

这一觉睡到晚上九点才醒来，起来后感觉肚子很饿，我出去寻吃的，在三胖的家门口喊他，他没应，显然还在睡觉。简单吃些东西，好在票在我口袋里，不愁送不到青歌那儿。夜晚的风东北转西南，吹起来格外舒服，太平街一带人睡得早，这时路上几乎没什么人。我很容易地找到青歌他妈的米粉店，店早就打烊，里屋灯亮着，隔着窗纸模模糊糊，整个屋子周围一片寂静。不好叫青歌出来，我将票塞到了门缝里，悄悄照着原路回去了。

接连几天，我都没见到青歌，他没去铁轨边捡硬币了，我和三胖也回了学校。一天，我和三胖正磨磨蹭蹭将棉被搬回技校寝室，在操场，我看见临近纺织技校养的鸽子通通飞往我们学校，它们安然落地，旋即扑腾翅膀飞起，像是一群合格的士兵。隔着一堵墙，我听见对面校园一片欢呼雀跃。三胖挺高兴，说这下好，又可以串校了，对面纺织技校的姑娘铁定要来我们这儿寻鸽子。三胖将他的被子通通塞到我手里，自己屁颠屁颠跑下楼去校门口等姑娘进来。不知为何，我突然想起青歌。

周末，我领着三胖一块去找青歌，这事没和二毛说，毕竟他和青歌不熟。我们到达坡上，米粉店撤了，仅留下几块光木板，堆积着放在一偏僻角落，蒙上灰，锅炉和盖没见着，我们敲门，敲上半天没人应。隔壁一老太太出来，贼眉鼠眼样，她推了推老花眼镜，仔细瞧我和三胖，叫我俩过去：

“甭敲了，这屋主人在楼上睡觉呢，你们是来租地儿吧！事先考虑好，这主人最近脾气不好，前一阵子被一外地女人给骗了。”

我们又问。那老太太摇头：

“造孽啊！拖了几个月的房钱没给，那女人领着她娃娃悄溜溜跑了，看起来挺老实俩人，一天的工夫，影子都见不着了！”

我们又试图问一些，那老太太又是摇头又是叹气，大说人心不古，后来似乎不愿多说了，将头缩回去，砰地一下关门了。

老太太一口一个“外地女人”地称呼，我们没问到关于青歌更多的事。当然，对于青歌是否拿到票，我们一无所知，他有没有去垦丁，这或许永远也难以知道了。他们现今在哪儿呢？大概早已离开太平街了。

一个青年小说家的自画像

“啪——”张军他爹狠狠给了张军一巴掌，吼道：“就该送你去读职高！普高你读得进？要高考还想其他事，本来成绩就不行，到时候就算考上个三本，学费一年几万也读不起，还不如去上个中专，学技术活，早几年出来混！”

张军的脸遭受重击，先是一阵白，然后一阵红。他有些迷茫，眼前他爹死盯着他，不像是父子，倒像敌人。张军扒着墙，白色粉屑一点点掉下来，落在破旧小桌上的鱼缸里，里面养着的两条金鱼游来游去，它们砸在玻璃上，又折回来，又砸上去，折回来，反复如此，仿若不知。

张军夺门而出……

他睁开眼睛醒来，上午十一点半了。房间昏昏暗暗的，窗帘遮住了外面的光线，仅留下一两道刀面似的光顽固地刻在地上，还在艰难蠕动。已经接近中午了。

这样也好，早饭钱都省了，他躺在床上想。

脑袋有点晕，困劲儿还未散去，但他不愿再睡了。他使劲儿伸了个懒腰，又试着乂廾自己的双腿，努力伸展自己的身体。很可惜，这一个简单的动作他做了很多次也没做成，地方不够，床靠着墙，长宽和普通单人床比像砍了一截，他只能蜷缩着，不得已放弃了伸展。

起床，找到搁在床底的拖鞋，简单洗了个脸，上厕所，漱口、刷牙，所有的事都在这一个狭小的屋子里完成。他回头看看自己多跨两大步就能走到底的房间，安静，窗外声音透不进来，黑得模糊，虽然看不清，但屋子里每一件物品摆放的地方都烂熟于心。这就是小的好处，他闭着眼走都能摸到搁在书桌上的红色水性笔。以前，他闲着无聊给自己的这个屋子画过一幅粗浅的素描——他过去是美术生，只是很久没动画笔了。

嗯，这是一个长方形的单间，二十平方米左右，一半放着床、一张大书桌、一把木椅，另一半分割成两个五平方米，卫生间和阳台分别处在床的西面和北面，门在南面——书桌和木椅在东面，这一侧是他主要的活动范围。这地儿几乎是他爹娘走前给他留下的唯一的不动产。其实也不算，他亲人不多，这小屋子是他舅舅的。舅舅带着一家子去美国，情面上将这屋子给他免费住，当时他舅舅拍着胸脯说想住多久就住多久，就当是自己的。他以为自己顶多只会住上几个月，想不到毕业至今都三年了。第一年，他将原本作为杂物间的这间屋子的墙壁粉刷了两遍，贴上杰克·伦敦、雷蒙德·卡佛等一些美国作家的海报，地面清扫了三次，然后消毒，连洒了两次水，那时屋子里的日常用品多是从朋友同学那儿拿的，实在不行才自己买，那书桌还是同学毕业不用了丢给他的，他稍微拿抹布擦了几遍，刮掉一些旧木屑，按着自己的想法安安稳稳地摆放好。一切都有模有样，像个家的雏形，他挺满意自己的布置。

他舅舅一家在美国潇洒，目前还没有回来的迹象，他与他们之间极少交流，开头一段时间还好，后来不行了，长途电话就不必说，电子邮件两三个月才发一封，上一次还是年前。想到这里，他有些头痛。靠情面"租"的二十平方米的房子，加上上学那会儿他爹给买的一台廉价的二手笔记本电脑，这就是他的全部家当了。

他屁股挨着木椅坐下，那黑色笔记本也卡，不知哪年的老古董，开个机需要反复加载三遍程序，周而复始地停顿。好在勉强能用，他只需要用简单的文档功能。

他最近在写一部新的中篇小说，需要几万字，断断续续磨了三万字，好不容易到了小高潮部分，他又犹豫了。这个题材是他自己选的，关于高考的选择问题，情节是按照编辑设计走的，编辑说一来好过稿，二来作为编辑深知读者喜欢的情节是什么样。不比当年了，现在杂志和图书市场越发萎靡，跟着读者走才有活路。

读者就是上帝，迎合他们就好。他知道这是该编辑奉行的过稿理念。

制造高潮，累积矛盾，他按照编辑说的，终于将故事推进到了父子矛盾爆发的那一刻，中规中矩的故事，简单、平庸，但读者就是喜欢看。小说就是故事吗？对于这一点他始终持怀疑态度，他坚信自己写的这个是故事，而不是小说。小说应该有自己的自由，而不是被陈词滥调所束缚。因为被编辑干涉太深，他隐隐觉得自己失去了对这个文本的掌握力。由于情节的失控，语言和结构也逐渐变得粗糙。对于编辑的某些说法，他心中不以为然，但他始终不会说出来，尽量忍受着，编辑掌握着他的过稿权和稿费权，没有过稿就没法发，没法发就没有饭吃。他懂编辑的好心，稿费最后给谁都是给，干吗非要帮他呢，还不是看他也算是个熟人，想拉他一把。他只能尽量劝诫自己听编辑的。何况写完这个有几千块钱拿，足够撑上好一阵子了。

趁程序加载还没好，他慢慢构思接下来该怎么写，头痛的感觉一阵阵上涌。之前梦到的那一部分正是他昨晚最后写的，显然，梦没有像往常一样给予他新的灵感。

张军走在街上，风里行人匆匆，他有点饿了，掏掏口袋，只摸出了几块钱。他犹豫了一下，放回去，拿出手机打给发小致远：

"出来一会儿行吗，心情不好，一块聊聊？"

没多久，致远背着书包匆匆赶来，手上还拿着晚自习带出的试卷。两人找了个便利店坐下，张军的饮料钱让致远垫了，顺便各点了个鸡肉卷，致远知道张军和他爹关系闹僵了，安慰张军说：

"你和我下星期要高考，家里没钱更要靠自个儿，我爹还希望我考个一本啥的，你现在这状态可咋办，说好了一起加油，读这么久不就是为了拼这一次吗？"

致远一面说，一面从书包里拿出一个本子递给张军，张军打开，原来是致远三年做的错题本。

"借给你，里面我差不多都记住了，得自己加油了，不管咋样，考上大学再说。对了，不懂问我！"致远说。

留下这一句话，致远顾不上吃鸡肉卷，推给张军，起身离开，向远处去了。

张军胸口涌起一腔火热，张大嘴巴狠狠嚼了几口致远给他的鸡肉卷。他决定了，要像条鱼，逆流而上，高考既然号称龙门，索性自个儿就鱼跃龙门一次！

他揉了揉眉心，这是他给张军设计的理想情节，他希望给人在绝望之中注射一剂温暖，但显然这个编辑不会答应，编辑要求彻头彻尾的矛盾，这样才精彩，人人都喜欢看悲剧。于是他换了个思路，按着编辑所说的走：

张军走在街上，风里行人匆匆，他有点饿了，掏掏口袋，只摸出了几块钱。他犹豫了一下，放回去，拿出手机打给发小致远。电话拨了五六次都没拨通，起先是无人接听，后来直接是关机。

他知道致远在晚自习，现在打不合适，但除了致远，他着实找不到可倾诉的人。他漫无目的地走，不想复习，即使现实是下星期高考，可他现在仍什么都不想做。致远和他一样，靠高考寻出路，但比他聪明，他的目标只是二本，哪怕最劣的二本也成，而致远追求的是一本，全市唯一的一所一本学校。

“嘟嘟——”手机来短信，他打开，是致远发的。

“要高考，正晚自习，这周别找我，有事高考完说，还得复习，宝压在一处，抱歉。（短信也别回了，真忙！！！）”

括号里的三个感叹号代表致远此刻的情绪，这使得张军感到灰心，他知道自己的事毕竟只是自己的，别人有别人的打算和目标，不可能为自己让步。这一年致远变了不少，极少主动和他联系，也不怎么回消息，高考使人变得现实，还是冷漠？他不确定。各扫门前雪，他想到这么一句俗语。父子关系、高考压力，他的自我状态差到极点，感觉未来虚无缥缈。

他觉得自己是条搁浅的鱼，要死了，无人救。他隐隐有一种预测，他的未来会输，会很惨，会一败涂地。

他发了片刻呆，决定待会儿打进文档，这破笔记本还没开，蓝光照亮了半个室内。他打算下楼去吃点东西。换上外套，他从昨晚脱下的衣服口袋摸出最后几张钞票带上，仅剩不到四百块钱了。他懊恼地拍了下头，他其实应该有充足剩余的，他是一个有规划的人，特别是对钱财的管理，可偏偏因为上个星期笔记本电脑出意外，不小心碰到了洒落的水，修理花了好几百块钱。眼下的这些，只能说下半月勉强撑得过去，毕竟自己接下来只要面对吃饭的问题。他现在极为渴望写完中篇后的那几千块钱能打过来，应付完下个月的水费电费应该还能剩余不少，足够他安心写东西了。说不定还能去附近一家旧书店淘两本九成新的二手书。他都想好了，一本是智利作家波拉尼奥的短篇小说集《地球上最后的夜晚》；另一本是陀思妥耶夫斯基的《地下室手记》，这是本经典名著，听说很长，算是半自传，但没关系，他有的是时间读。他很喜欢陀思妥耶夫斯基，一个酒鬼、天才作家、赌徒、神经病的结合体。

现在只有抓紧时间写，最好这个星期将手头的中篇完成。他使劲儿拍了拍脸，简单梳理一下头发，以免显得过于颓废，梳子上沾了几根，黑得发亮，他小心翼翼扯住，丢在门口马上要带出去的垃圾袋里。他想到卡夫卡的中篇小说《地洞》，几年前还在上学时读的，讲述的是一只奇异的小动物为保护自己，营造一个既能储存食物又有不同出口的地洞的故事，他当时并没有体会到评论家所说的那种孤独感和荒诞感，反而觉得里面的那只动物很幸运，不愁吃不愁穿，独居生活其实挺不错。他的确羡慕小说中的那只奇异的动物。打开门，光线射进来，他又犹豫了一下，将两张红色纸币摸出来在枕头下放好，其余的再次装进外套的口袋。

楼下这一带饭店挺多，大多都吃不起。他还是喜欢隔着自己楼下左手边最近的那一家，馄饨、米粉、盖饭，都是普通老百姓爱吃的，店不大，但干净，相对其他几家较为便宜，老板也和善。不知为什么，不论老板花多少心思，客人始终不多也不少，不过老板从来不愁，该干啥干啥，领着一家子照样生活。

他进去点了一碗普通的蛋炒饭，七块钱，找了个靠里面的位置坐下，一抬头就能瞥见厨房哔啦啦的炒饭声。老板姓侯，迷《西游记》，上回试着还和他讨论来着，谁知越说越起劲儿，没完没了，老板说五句他说一句。他轻声地说，一说往往切中要害，稍微提醒一下就使老板茅塞顿开，醍醐灌顶，所以越发亲近他。说是西游迷，又有点奇怪，那么多精彩桥段，大闹天宫、红孩儿、女儿国啥的老板都记不清了，这么多年过去，唯独记得孙悟空被观音菩萨赐了三根救命毫毛。老板说孙悟空不姓孙，应该姓侯，和他一个姓。

坐在另一张桌前的是一个小男孩，穿了身牛仔套衣，剃了个板寸，唯独留下三根毛在脑后扎了个小辫子。他知道这是老板的儿子，想来是老板迷到痴了，将三根毛用到自己儿子的头发上，也是一种迷信和期许。儿子正在上小学，里头没地儿写作业，就趁着有空桌，抓紧时间拿出课本、纸和文具盒，趴在桌前一笔一画地写。他记得上次也是，他还专门走过去看，小男孩正冥思苦想一道鸡兔同笼的题目。

自己上小学时鸡兔同笼应该算作比较难的奥数题，还是竞赛压轴的，现在倒好，都变成普通的课后作业了。不只人在发展，作业也在发展，这才多少年，真快，他有些感慨。

他有心想抚摸男孩的头，可还没伸手，小男孩警惕地抬起头盯着他，身体往后靠，显然防备着他。

他笑了笑，悄悄收起了念头，回到自己的桌前。

蛋炒饭从小吃一直就吃不腻，他一直都很喜欢。以前上学那会儿要是回来得晚，没吃饭，他娘就给他做一碗蛋炒饭，吃完再睡觉。到了现在，蛋炒饭都是自己做或者去饭店吃，点这个往往是最便宜的，但每家的食材和口味都有点细微的差别。尤其是这里，不只有蛋和饭，还加了火腿、葱花、小白菜、萝卜丝等等，食材异常丰富，如果他愿意，还可以倒上一点辣椒和酸豆角。现在餐馆的一份白菜叶都要十几块钱，炒鸡蛋也是十几块钱，而这儿的一个蛋炒饭就将这么多菜都囊括了。蛋炒饭是最划算的，他始终这么笃定。

饭上桌了，他倒了杯凉开水放在旁边，扯了两张纸，开始大快朵颐。此刻饭店没人，老板围裙都没脱，光头闪闪发亮，一面坐在边上抽烟，一面看他吃饭。他有些不好意思，吃着吃着就慢下来。“多吃点、多吃点。”老板摸了摸光滑的脑袋，呵呵地笑。时不时偷看坐在另一边的男孩写作业，男孩稍有发觉，光头老板立刻又一本正经地回过头，若无其事的样子。他暗暗好笑，这和小时候他写作业，爹娘对他的态度没啥两样。很多东西都变了，这一点倒是完全没变。

“五一放假，好歹出去走走。”老板闲着无聊和他搭话。

“懒得出去了，人多，在屋里写东西！”他笑着说。

老板开始劝，说：“工作忙也要有个度，还是放松放松好，劳逸结合嘛，你看，没有耕坏的田，只有累死的牛。我身边一群人都跑到其他省旅游了，什么黑龙江、云南、海南……远的都跑到越南、泰国去了，听说那儿消费便宜，这也算出了国嘛！”老板说着说着有些羡慕了，声音渐渐变小，看了一眼儿子，俯过身子贴在他耳边说：“要不是我给我儿子报了两个辅导班，花了不少钱，我也领着一家子出去玩了，我老婆昨天还念叨了我一晚上，说饭店一年到头不放假，这是要累死她。我儿子也生我气，他不知道这是为他好，以后和你一样多读书，当个文化人……”

老板正说得起劲儿，只听“啪”的一声，他儿子丢下笔，背身气鼓鼓地往里面走去了。他感到好笑，老板脸色变得尴尬了，嘴硬着说：“别管他，小孩子就这脾气，给他娘惯的。”接着就心不在焉地继续说话，三番五次回头看。又聊了一会儿，老板借着给他加碗豆腐青菜汤的名义匆匆起身，迈着大步就往里面去了。他知道老板是去看儿子，他是写小说的，比平常人想得更多，也更懂得一般人的想法，这一点在老板身上，稍微有些思维逻辑的人都猜得出。

他记起他第一次来这家饭店，光头老板从门口一路招呼他到坐下，倒了杯水，熟络地喊厨房的老婆做饭，他当时不好意思只点一个蛋炒饭，还加了两块钱的豆皮，老板似乎毫不在意，给他递了支烟，随意地跟他攀谈起来。

他们聊得很顺畅，老板知道他刚搬来，就住旁边，很高兴，说以后他来给他打折，加汤不另外收钱。后来老板又问他做什么工作，这一点他有些谨慎，含糊说是做文字工作，写点东西挣钱。老板看起来虽然不太懂，但还是点点头说原来是个文化人。他将自己的儿子，也就是那个小男孩叫到跟前，一手摸着儿子的头，一手朝他指去，说："以后你也要多读书多写字，要向这个叔叔学习，靠脑袋吃饭，做个文化人。"

一碗蛋炒饭，居然吃了半个小时，他感到身子软绵绵的，有点累。一天两餐习惯了，排掉早餐，剩下中晚，饿是饿不累的，大概是最近写得脑子超负荷，编辑不断催稿，想到那部未完成的中篇小说，他感到疲惫了。

和老板打了个招呼，他出门往回走。他突然想到屋里东西都吃光了，晚饭还没着落，连忙转了个道去附近小超市买了两袋陈克明牌的香菇虾仁味的面条、一把葱和几个鸡蛋，然后再回到自己住的小屋。

先放好东西，啪地打开灯，电灯泡忽明忽暗地闪，时不时发出"吱吱"的声音，像是一个苟延残喘的老人，想咳嗽，但咳不出来。他皱眉，灯泡用太久没换，看样子也要寿终正寝了，他索性把灯关掉，大不了不用，自个儿住就是这一点方便，没那么多讲究，稍微开一点窗帘，将声音隔断，放一丝丝光亮透进来就好。不过灯泡总归是要买的，嗯，到晚上再买，或者等到打折买，实在不行领到稿费再买也行。他盘算起何时买比较划算，想来想去觉得都差不多。

他去洗了把脸，计算机已经加载好了，他打开文档记录下之前想的第二种故事，然后思考该怎么写下去。

我看见他回来了，低着头，头发耷拉着垂下来，雨水一滴滴落在地板上，想必外面下雨了。他没有洗澡的打算，也没扯两张纸擦一下，直接往房间走去。里面放着我做的一碗鸡蛋面，我嘴硬说是他娘做的，爱吃不吃。他没听，嘭的一声关上门。

我坐在沙发上抽烟。唉，下星期高考，看他这状态铁定没戏，当时送他读普高就是错误，大学哪有那么好考，百万人过独木桥，何况还分一本、二本、三本，而今读三本也没啥用，还不如读个中专少花点学费，不是还有专升本嘛！想到这儿，我有点烦，我不知道他怎么想的，马上考试，一个理科生，天天捧着小说偷偷看，考试考这个？这是要糟蹋一家子的钱给他陪葬啊。三年了，第一年成绩不行，其实没事，愿意学就好；第二年还不行，听老师的走个艺术生，家里加把劲儿，拿养老钱供他；到了第三年，艺术考试没过，各个学校都不要，几万块钱打了水漂。都这会儿了，还有什么理由不努力学！这么大的人，不会为自己的未来想想?

两条鱼砰砰地撞击鱼缸,鱼鳃努力张口呼吸,水面一个个泡泡冒出来,形成、破裂。我使劲儿掐灭烟,狠狠捶了一下自己的腿……

他慢慢地写,其实花了个小心思,这几段话站在父亲的视角,是用第一人称来写的,以便更加敏锐地切入,即使到时候编辑不允许,他改一下人称即可。想到这里他有点得意,这种手法得益于一个他顶喜欢的美国老作家,拿了诺贝尔文学奖的福克纳,一个老烟鬼,写了《喧哗与骚动》,他简直佩服到五体投地,尤其是开头一段和作者独创的多重角度叙述,准确、惊艳。他现在正模仿这种多重角度叙述手法,不算成功,但他还年轻,有的是进步空间。他依旧渴望小说技巧和笔法的进步,他不想一辈子只能当个枪手或者写手什么的,这是两个来自灰色地带的词,他知道这样的人很多,他为此而感到悲观,为一点钱听人使唤,连自己的名字都不要了,这已经失去了作为小说家的尊严。

写父子,写师生,写高考前一个星期发生的事,这都难以成为重点,关键是高考的结果与个人的抉择,他一面敲打桌子,一面思索着。头晕的感觉慢慢又来了,着实写不下去。肚子还是饿,那一碗蛋炒饭没吃饱,如今似乎消化得差不多了,他想到刚买的两袋面，起身要去下碗面吃。

独居的人，学会的第一件事就是自己喂饱自己。他没学过做菜，尽管他爹娘都是做菜老手，有大厨的水平，可他从未花一点精力在上面。爹娘在寒暑假硬逼着他丢下小说走进厨房，几天下来，勉勉强强学会了下粉、下面和蛋炒饭，其余的他爹娘还要教，他倒死命不愿学了。多亏了他爹娘的先见之明，下面效率高，便捷，现已成为他喂饱自己的主要方式。他面下得不错，当年高考后在外地上大学，同寝室人睡醒了不愿意出去吃，就爱吃他下的面。倒水，捏出一些面丢下去，等几分钟，打个鸡蛋，出锅放上点辣椒、剁碎的葱花、一撮盐，慢慢拌几下，说不上美味，但至少能入口。

他一屁股坐在床沿，摸了摸，那两百块钱还在，他安下心，将被子丢到床的另一边。拌好面，着实是饿，饥肠辘辘地吃了几口，吃蛋炒饭时老板在，不好放开吃，现在可不管了，他咕噜咕噜喝了两口汤，顾不上擦嘴，又继续捞起面吃。

速冻饺子、馄饨、炒饭、面、粉这几个月来他轮流着吃，也不怕吃腻，他懒得想营养搭配这事，在饭店一个复合煲仔饭还要二十来块钱呢，不如两碗牛肉面实惠，还能省到下一顿多买一笼包子或者烧卖。面吃到一半，他起身在昏暗的屋子里走。桌前零散摆了一些杂志和书，有新有旧，这都是这几年的。杂志大多是发表后编辑寄来的，他有时间就翻翻，看看同时代的人写的东西，学习学习。书都是自己买的，远至几个世纪前塞万提斯的《堂吉诃德》，近至欧洲畅销的麦克尤恩、昆德拉等作家的书，他通常买回来就迫不及待地读，有时极为喜欢，大多数时候会感到失望，尤其近几年兴起的冠以“时代写作”的一批人，他甚至读两页就没了翻下去的欲望。当今一代极少有突破性的作品了，作家们照着老套路乐此不疲，厚着脸皮说这是回归传统。他暗地纳闷，这咋就算回归传统了？他先前读到过真正所谓回归的作品，一个青年人写的，发表在一个不起眼的纯文学杂志上，他也是无意中发现，纵使通篇大多继承着传统文本的痕迹，可隐藏在深处的现代精神和先锋意识是磨灭不掉的，鲜明无比，好比一只眼睛，敏锐地打量着当代世界一隅。他期待那种读第一句灵魂便战栗，直击内心深处的作品，上一次读到这样的作品还是前一年，加缪的《局外人》。现在的作家都怎么了，追求长篇、史诗、巨著，洋洋洒洒几十万字，却远远比不上像《局外人》《白净草原》那样短小精悍的作品。

他曾和编辑聊过这件事。一次杂志社年会，他作为老作者被邀请去，和一个熟悉的责编坐在一块，酒酣之下，说了一些掏心窝子的话。编辑不以为然，摇了摇杯中的酒，说：“回归传统是好事，大部分读者都喜欢读这种，这年头谁还去读普鲁斯特、乔伊斯？那都是靠论文吃饭的学院派博士、教授读的。这种书出了就要亏本，谁出钱？”编辑劝他不要想这么多，老老实实写就好。他这顿饭就是靠“回归传统”得来的。他张了张嘴，将未说的话咽下去。他想，回归传统也不是这么个回归法，都成了陈词滥调，一点基本的语言和结构意识都没有，难不成凑成一部有头有尾的故事就成了？那干吗要读当代的，几十年前、上百年前就有了。他感到郁闷，又倒了杯酒喝，埋头只顾搛菜。他想到少年时受过的世界各地作家的教导，关于卡佛和海明威说的精简、马尔克斯强烈的想象力和文本意识。现在的作者只管凑字数，字数越高，稿费拿得越多，这些初期的热爱早抛到九霄云外去了。

张军接连几晚睡不着，躺在床上辗转反侧。他有点后悔当初没有选择住校，即使和同学合不来，也打扰不到家里，天高皇帝远，至少矛盾不会像现在这么大，此刻一抬头就能听见隔壁房间他娘的窸窣声与他爹轻微的咳嗽声，都还没睡。一家人都在担心明天的高考，他想到前两天刚出的模考成绩，不知高考是不是也是这个结果。那次他不偏不倚，正好贴在去年二本线边缘，之前他跑大老远到一中向致远借笔记本，致远没借给他不说，连班级门都不愿意出。倒是那个陌生的教数学的班主任好心，专程给了他一本小册子看，也算因祸得福。

再过不到十个小时就要考试了，张军努力想说服自己睡着，偏偏越想越清醒。他只祈求明后两天快点过去，他感到自己快撑不住了，像在空气稀薄的高原。他想考完去遥远的西藏，带上一本自己最喜欢的小说站在高原上大声朗读，还得鼓起勇气邀请自己高中三年最喜欢的女孩一起去，给她画一幅画。他美术功底可不是白练的，素描、油画、水彩都行，只要她愿意，背景是天、云、草、高山、河流。张军无限美好地想。

“嘭——嘭——”一切都是黑的，张军的听觉格外敏锐起来，他知道是那条鱼撞上玻璃鱼缸的声音。另一条死了。昨晚他回来，一开门就看到那条养了最久的、长寿的硕大金鱼浮在水面上，露出半白的肚皮，两只眼睛鼓得老大。另一条对同伴的离开浑然不觉，依旧在水中来回地游。这是鱼的世界，还是整个动物的世界？

这一年浑浑噩噩地度过，有时他上晚自习埋头写作业，渴了喝口水，好不容易抬头，老师在讲台昏昏欲睡，四处全是黑压压的人以及无休止动笔的声音。他感到很累很累，趴在桌上想睡过去，可他不能睡过去，他爹他娘都看着，老师也盯着他，同学为了超过他，争分夺秒地刷题，有几个还过了艺考，能降很多分，这才是学校真正的宝贝。在他们这个普通三流学校，不管几本，能考上大学就是烧高香，要发榜庆贺，可他真的不想让这么多人关心他。一本就不想了，二本和三本说不好，指不定鬼使神差就上去或者下来了。他想迷迷糊糊睡过去，像一条鱼潜在水底，安静、肃穆、昏暗，没有打扰，然后永远不再醒来……

他点了支烟，望着前方的窗帘发呆，微微弱弱的光亮想要钻进来，像借着缝隙呼吸、蠢蠢欲动的爬虫，一面是白天，一面是黑夜。都说写小说是杀敌一千，自损八百，他有时也不免被小说中的人物感染。他突然想彻底打开窗帘，这在他搬进来后还从没有过。他站起身，腿麻了，反复起了三次才勉强抓住帘子的一角，想要使劲儿，手扯到一半又缩回来。窗外是影影绰绰的人，他闭上眼睛能听到小摊前商贩的吆喝声，卖烧饼、卖口罩、卖老鼠药，应有尽有。他知道他们都是被大学的保安赶到后门这儿来的，听说最近要评全市的卫生大学，为了名声和生源，这所处在偏僻地区，平日被冠以“鸡毛”的大学也拼尽了全力，积极开会发布文件，要求前门要杜绝流动摊贩，每天要里里外外清扫校园，尤其重视校门口，还特地挂了两条横幅表明治理卫生的决心。可这伙摊贩靠着学生养家糊口，集体跑进学校找办公室去闹。学校顶不住，于是想了个折中的办法——人都赶到后门，避前门耳目，又躲开监察人员的检查，然后开放那道许久不用的铁门，学生如果有需要，自己出铁门买就行。

他刚坐下，手机“嘟”地一下响了，摸出来，是编辑的短信，要他三天完稿，不然这个月他的中篇就发不了。他先是一愣，然后急了，说好的半个月，这才几天，怎么说变卦就变卦。他顾不上继续写了，赶忙回短信询问，手机没再传来动静。他掐灭烟，随手丢在桌前的烟灰缸里，鞋子也不脱就躺在床上，头枕着墙角，用枕头用力捂住脸庞。一本绿色封皮的书竖起来倚在他旁边，他凑近一看，是昆德拉的《小说的艺术》，这书也是上个月买的，由于没有书架，他的书只能随意摆在屋子的各个位置，桌椅上、阳台、地上、床的四周，所以昆德拉的书出现在这儿并不意外。他丢开枕头，将书拿起来翻了翻，盖住脸，装作睡着的样子。头顶的墙壁上，咔嚓、咔嚓，声音本来很小，一静就无限放大了。他被钟表吵得堵住耳朵，讨厌的噪音还是一阵阵传来，床前的几本书，连带着那《小说的艺术》一本一本被他扔到床尾。今天好像是星期五，他疲惫地摸出那个老式手机，编辑一句话：“得加紧写，星期一前交了，预计至少还有一万字才能写完。”一个周末赶一万字，对于大多数小说作者都不是难事，可他相反，他写得极慢，很多编辑都开玩笑称他是“刻字”，这个词放在快速写作和催稿的环境下自然是贬义。平常一天一千字左右，至多两千字，即使这个周末拼了命，也不到预定要求的一半。

豹尾割一半就连猫尾都不如了，他揉揉脑袋，既然编辑不回他消息，他脑子里据理力争的想法也自动取消了。他慢慢起身，突然想到今天好像是室友聚餐日，今年刚定下的。都毕业两年了，老大也不知从哪儿得到了他的新号码，一个电话打得他百感交集，说不出的情绪。老大嗓门大，喊起来不用开免提，声音能从门口传到阳台，他只能一个劲儿说是，老大的性子他懂，直爽，讨厌绕弯子，在寝室时就说一不二。虽有点独断专行，可执行力够强，毕业后好像靠实力进了一家国企。将这天南海北的四个人聚集在一块，也只有老大能做到了，他想。

时间定在这个月第二周的周五，也就是今天。地点在附近一带的消夜街，这主要是为了照顾他，其他几个或多或少都有车，唯有他是一双脚走天下，连驾照都没考。学校那会儿位于郊区，每次周末进城他都是走着去。这样走容易累，那几年他极少出校，多待在图书馆。一个好好的美术生，硬生生培养成一个读文学的，读文学的硬生生培养成一个专注于小说的，也不知是好事还是坏事。美术功底不进则退，他丢了不少，毕业没人要，好在靠着读的那些书成了个自由写小说的人，过得艰难，总算饿不死自己了。

没灵感，不再写了。他关掉电脑，打算洗个澡就去消夜街，稍微算算时间也差不多了。

他跑去阳台拿了条相对干净的抹布，简单擦了擦自己唯一的、从大学开始用到现在的黑色小背包。这也算是奢侈品了，耐克的，几百块钱，他读大学时谈过的唯一的女朋友送的。那女孩很好，读音乐系，喜欢勃拉姆斯和舒伯特，因为美术和他结缘，两人又谈到文学，那女孩看过不少书，说包法利夫人真傻，为了所谓的“恋爱”抛弃平稳的生活，如果放在现在，这种人就是一个十足的呆子。那女孩老爱用文学中的人物和现实比较，殊不知两者距离的遥远，一个是生活上，一个是艺术上，总归会有落差。断断续续谈了四年直至毕业，和女孩分手也是因为谈到文学，女孩说他是个现实中的堂吉诃德——傻瓜、笨蛋，放着好好的美术专业不学，偏要搞什么小说。即使在最后一刻，女孩依旧不放弃对现实与文学中人物的比较。

这么些年过去，还是没有改掉这个出门带这个背包的习惯，和回到几年前上大学那段时光似的。他打了盆清水，自嘲地想了会儿，一面擦除灰尘，一面顺带着洗洗双臂。老样子，带上一个塑胶包放在书包里，里面是换洗的衣服，习惯性塞进去一本书，不管读不读，这就是一种多年养成的习惯。直到一切都完成，他仔细回忆了一下自己刚才做的，确定没有什么疏漏后，带上钥匙换鞋出了门。

他要去洗澡的地点是那所大学的男生宿舍澡堂。一般大学通常可以在宿舍里洗澡，这所大学是个例外，宿舍没有独立卫生间，只能前往宿舍楼中层最右边饮水机旁边的公用卫生间，一进去，左边是一排排厕所坑，右边是一个个单人淋浴间。早晨学生尿急，平日上课前几分钟整个楼层都在排队，学生提出过整改建议，说没有空调也就算了，卫生间至少要拨点经费修一修，学校充耳不闻。好在淋浴间不错，很多学生憋不住，通常会跑去淋浴间，关上门，偷偷将尿排在那儿，然后开喷头将一切冲进地上的洞眼，出来装作什么都不知道的样子。一来二去，整个寝室楼都习惯了，也没人再说什么。

其实一切都是听宿舍楼的老大爷说的，他当作小说素材记在心底。老大爷是个好人，喜欢没事待在门口看小说杂志，也读过他写的东西，喜欢得不得了，暗地里准他进入宿舍楼。他轻车熟路走到宿舍楼门口，这次大爷不在，估计是午睡没把握好时间，现在正躺在宿管室床上，他干脆直接上楼，原本以为会遇见几个学生，想不到一个都没见着。大概是周末不上课，学生都疯了一般，跑出去玩了，剩下几个宅在寝室不出门，打游戏、睡觉，想吃东西就叫外卖……他见惯了大学的生活，也不难猜到这一星半点。

他偷偷溜到了卫生间的右面，打开最里面那个淋浴间的门，走入。即使每次他都跑到这里洗澡，但还是忍不住心虚，毕竟自己是没有付任何费用的。将耐克包里的换洗衣服拿出挂在墙上，书包挂在门口，他拨下喷头，先仔细把地洗了一遍，确定没有什么污迹，才赤裸着脚放心踏进去。水雾朦朦胧胧，热气冒出来，他的皮肤慢慢变红了，他想发出声音，又给咽下去，这儿毕竟不是自己家。有时他会想，这样不需要学生卡消费的淋浴间为什么就极少有学生来享受呢？大多都是随便冲洗个几分钟就离开，可能身子还没湿透。不像他，一冲就至少半个小时，也是洗澡不要钱才敢这样。

每次写完小说来冲一次澡已经成为他除了看书外最爱做的事。

洗完后接近六点了，其间他的手机一直嘟嘟叫，像是交通警报似的，铁定是老大又在催他了。换上干净的衣服，脏衣服包进塑料袋塞在书包里，他用毛巾擦了擦头发，一面出门再次挎上包，一面摸出手机看，有电话，也有短信。老大总是这样，啥东西都要抢前头，这不还没到时间嘛。出门几个学生迎面撞过来，胸前挂着牌子，大概是学生会开会回来的，几个学生用奇怪的眼神打量他，可能觉得是陌生面孔，其中一个脚步停顿了一下，结果被另一个扯住，转了个弯，跑旁边饮料机买汽水去了。

按着年龄顺溜下来，四个人里面他是老幺，按着身高来，他却是老大，一米七八的个子，和一些人说话都得低着头。不过他喜欢驼背，看小说养成的坏毛病，不知不觉头就凑到书面上去了，四个人走一起的时候老大总爱拍他背，不断提醒他。和性格相反，老大走路却是扎实稳重的，和军人似的，每一脚都得在地上踩出动静，当年两人被学校询问是否志愿当兵，老大恨不得四肢都举起来给老师看，然而实训时还是第一批就被刷了。他漫不经心的态度倒是一直挺到最后一关。没过是因为多次迟到，以没组织没纪律的理由被刷了。通知交到他手里时，他还在图书馆专心看略萨的小说。

他照着老大给的地点在消夜街穿梭，人群就是一条漫长的河流，他好像鱼一样跃入其中，不熟悉的人在这条街走三四个小时也出不去，喧嚷声使人晕头转向。这会儿太阳迟迟不落下，月亮还没上天，人挤人，油烟味从南飘到北，从东飘到西，他无意识地嗅动鼻子，原本吃饱的肚子也隐隐地咕咕叫了。脚步像是踩着时间的影子走，他顺利地找到了目的地，这是一家干锅店，越往里越小，像是个三角形漏斗，一阵浓郁的肉香从店里传出，牛肉、排骨、鱼肉的香味混杂在一起，火红光、油烟气一阵阵排出来。老大正坐在外面东顾西盼，一个人占两个座，煞是醒目。他走过去，老二老三不在，仅留下椅子。他和老大都不是习惯寒暄的人，他直接从旁抽把椅子坐在桌前。露天四人桌，仅他和老大两个坐就显得有点挤了。老大坐在他东侧不轻不重地捶了他一下，手朝着西边的夜市方向指。

“他俩去那家超市买啤酒去了，顺便去夜市买点卤味。”老大说。

一会儿工夫，两个年轻人一人背着一个挎包，手拿着啤酒骂骂咧咧地回来了，他仔细瞅了瞅两人，几年没见，模样变了不少，好在勉强还能认出来。老二是脸圆了，显得眼小，眯成一条缝，细得像拉链，一开一闭；老三是肚子圆了，鼓鼓的像个怀胎九月的婆娘，听老大说是进了家私企，看来平日东跑西忙应酬没少喝。两人本来说着话，现今看见他，嘴巴一下子闭紧，话也不说了，四只眼睛盯着他看。像一下被抽走了空气，周围静下来，他猛地心底一抽动，胸口跳了跳，他张了张嘴，二三十秒没吐出一个字。老大打圆场：“都坐下坐下，你俩跑去买点东西，包也不肯放下让我看管，这还怕丢，你看老幺一来就将书包甩给我放着。”

两人稀稀拉拉找位置坐下，老大低头拿带回的啤酒，弯下腰，椅子往他这边靠。“你俩就买两瓶管什么用，好不容易聚一次，至少也得来个双位数，白的也不买上一点。”说着老大扯开椅子起身又去买酒。两人没说话，把卤菜放在桌上，拉开塑胶包，什么海带丝、土豆、鸡爪、腐竹通通露了出来，老二象征性丢来一双塑料手套，顾不上说话，自己率先抓起一个鸡爪啃起来，老三也早早动筷。他仔细瞧低头的两个人，都在一面看手机，一面吃东西。他不善言谈，朋友都知道，四人一块，一个话题往往都是三个室友来引，现今老大离开一会儿，都没人再说话了。他搛了块土豆片放嘴里，辣椒放多了，差点呛出声，水摆在老三那儿，他没敢让老三帮着拿，怕打扰了专心刷手机的两人。

“这傻×企业又布置什么任务？压榨劳动力啊，一天到晚要不要人活！伺候爹也没伺候得这么勤，真无语。”老三嘟囔声音小，但同桌人都听得见，老二凑过去要看，老三又捂住手机。“我去看看干锅准备好了没，我记得老大点的是中辣牛肉鸡肉混杂的大份锅，都等这么久还不来，得催催。”老三放下包，拿起手机向店里走。时间不长，几分钟后老大和老三有意无意同时回到桌前。老大两手拎的塑料袋快被撑破了，露出散着冷气的酒瓶，大概有十瓶，老大一屁股坐回座位上，气都喘不过来，扯了两张纸抹额头的汗珠。“老大有钱啊，五粮液和茅台都买来了，正货，得花不少吧。你这工作我也想干，油水多还稳定。”老二一面迫不及待撕开看，一面啧啧评论。老三也抢过一瓶：“要去也是我去，你还是专职给奶茶店画广告好，遇见财主和连锁的也能挣不少。”

他没刻意拿起酒瓶看，又扯了两张纸递给老大。说实话，他对酒也不很懂，知道些名牌没用，茅台和普通酒的区别他也喝不出，既然感觉都一样，索性就没有看的必要了。“老大国企牛啊，啥时候介绍我也进去潇洒潇洒？怎么说也比现在这芝麻大的小企业强。”老三抬头说。

干锅上来了，咕噜咕噜的热气向上涌，没去吃烧烤和海底捞火锅主要是老大的提议，干锅还是学生时代吃得最多的东西，土豆片、牛肉、藕、青菜、洋葱十几种东西混杂在一起，香味馋死人。老大开了瓶五粮液，朝每个人杯里倒足，杯子一碰，气氛一下就活络了。话题多是围着老大转的，他搛着菜慢慢听，也明白老大进国企的不容易。老二话头一转，从人事又往社会上的事去说，批判占了一大部分。老三多在喝酒，倒了一杯又一杯，脸变得通红，时不时附和两句说说自己工作的黑幕，发发老板不近人情、客户难伺候的牢骚。三个人的经历各异，但都远比他这个一天到晚待在屋子里的人丰富，他将几个人的语言吸收进脑海，嗅到了小说素材的气息。

“老幺吃笔头饭的，你们这事他最清楚，能帮你们记着。”老大又开了瓶酒说。话没说完，大家又安静下来，老二酒醒了一点，瞅着他，像观察其他物种似的，第一次喊出他的外号：“吃笔头饭，那老幺是记者喽。”老三的筷子也停了，目光朝他这儿瞥。

他连忙摇头，解释自己写东西，不过写些小说，大部分是虚构的，这事和记者擦不上边。老二“哦”了一声，低头搛菜，不再说话了。

张军坐在考场，他娘今早塞给他的玉佩没戴着，听说是前几天去佛寺开过光的，还没进考场就给没收了。周围太静了，静得他想死死塞住耳朵，不远处挂在墙上的时钟有规律的摆动声使他昏昏欲睡。他就坐在讲台下面，低头闭上眼睛，通过那些笔头唰唰划过纸张的声音，能够感受到教室里匆匆书写的学生们，头都顾不上抬一下，汗液从头发、额头、脸颊，一颗颗饱满地滴落下来，他仿佛从中嗅到了各种各样的味道——女生化妆后甜腻的胭脂味、久未洗澡的汗臭味，还有淡淡的啤酒芳香，这是从监考老师的衣服上散发出来的，甚至各种各样的饭菜味，以及坐在他旁边的一个女生因紧张不断呼吸，嘴巴一张一合发出的牛奶味，他想到这牛奶的品牌可能是伊利或者蒙牛，大概这是今早女孩的父母给她买的早餐，不知道是袋装还是盒装。他感到黯然，今早出门前他娘也递给他一盒牛奶，摸起来指尖能感受到盒里液体的余热，可惜他车骑得太快，没来得及喝就给洒掉了。

太阳大得睁不开眼，爹娘也被炎热的天气逼得出不了门，他们在家又在做什么呢，扫地还是做饭？不，现在时间还没到，爹应该在看报纸，瞅着报纸头版上考试的那一丁点消息反复看。娘在旁边给金鱼换水,叨叨着今天怎么吃营养搭配才合适。致远也在考试,他最在乎自己的身体,昨晚一定吃得很好,指不定今早一口气吃了两个鸡蛋,他是一个不爱喝牛奶的人,考前拼命复习那么久,熬不住一定会喝咖啡。学校旁边那家咖啡店很好,咖啡豆都是外地引进的,每次现磨都香气四溢,充满整个学校。唯一的坏处是旁边开了家鱼店,腥味太重,咖啡的味道被盖过了。草鱼、带鱼、鲫鱼……它们躺在冰块上,极像一排排顷刻就要树立的庄严墓碑。

监考老师穿梭在学生之间,在教室仅有的几十平方米不紧不慢地转圈, 像模像样地瞅上几个学生两眼,然后继续转。他想起家里的那条在鱼缸里呈圈形游动的鱼,日子久了,便懂得了活动范围,不再傻乎乎撞了。他清醒过来, 又不自觉想到早上还没来得及给鱼喂食的事,这都一个星期了,他一直忘,爹娘也没关心,奇怪的是鱼还没死,今早出门匆匆一瞥反而游得更快,更轻盈,是回光返照吗?他反复思考这个问题,头疼欲裂,先前一闭眼已经浪费了他五分钟,他不想动笔了,这道作文题的难度出乎他的意料, 都说议论文要开放一下思维,这回的题目却是《我想……》。

这不是记叙文吗,说好的必考议论文呢? 这一年不断的议论文训练付诸东流，他感到丧气。我想……那他该想什么呢？一个苹果竖起来切里面的核司空见惯，倘若横着切就成了五角星。一门考试乍看上去仅仅是一门考试，如果换个方向看就看到它的厚度，第一层是考试，第二层是老师，第三层是家长……一层层往下剥，直至看到最后一层的自己，不论是过去、现在、未来，一直都在考试，无穷无尽地考试。他喝了口水，这加多宝的塑胶瓶被撕掉了标签，看起来和农夫山泉的没什么两样。只剩下四十分钟了，他作文题还一笔没动，题目写什么呢？他迷迷糊糊的，昨晚失眠了。这时监考老师的视线唰地一下瞥过来，都是外校的，乐得抓一两个作弊者。他头都不敢晃悠一下，更别提身子了，只好死死盯着这道作文题，他以划破纸的力度，狠狠地在标题写下四个字——

我想睡觉。

该想的时候想不出来，不该想的时候思绪一个劲儿地往外冒，他摇头再倒了一杯酒，四个人里他的酒量是最小的，老三喝得最多，一手五粮液一手茅台抱着不撒手，脸差点要贴上去，和搂着两个亲儿子似的。老二闷头不说话，一个劲儿地盯着手机刷，然后抬起眼皮，在偌大的锅里翻夹仅存不多的牛肉，筷子动的次数不多，一夹一个准。这家干锅店本来人就不少，到了晚上逐渐增多，不时有人穿过，他得挪动椅子让人过去。桌位早就满了，十来个排队的人点了东西站在原地等空座位，眼神有意无意往临近的几桌瞟，随时准备等人走然后占座，他所在的桌子也是几个人重点关注的对象。大锅分量足，四人又多在喝酒，两个小时都吃得差不多了，老大一拍桌子，率先去结账。他见老二老三都没有要动的意思，起身要和老大一块去，却被老大一把按住了。“说好了我去结账，谁也别和我抢。”老大像是说着电影台词，摇摇晃晃走进店里，手机摆在桌上都忘记了拿。

去得快，回得也快，一会儿老大又摇摇晃晃走出来，四人坐在椅子上休息。老板会做生意，搓着手，亲自出来送了四小碗酸梅汤轻轻放在桌面上，一阵客套，又一个个递上店铺的卡片后离开。老大在收拾几瓶还没开瓶的酒，他将脚边一瓶没开封的五粮液递过去，然后一小口一小口地喝微凉的酸梅汤，他懂老板的意思，这送来的汤一喝完，他们就不好意思再留在座位上，毕竟还有那么多客人等着，这就好比酒店的宴会往往将水果拼盘和甜点放在最后一道，人吃完就会稀稀拉拉地离座，便于酒店迎接新的食客。老大一面装酒，一面提议去 KTV 唱歌，按老大的说法，位置他早找好了，出了消夜街走个十几分钟就能到，新开的，以前还没去过。老大喝醉了，话说得不清楚，嘴巴里像含着一块石头，但显然这几个小时还没让他尽兴，还是摇头晃脑地说个不停，老二老三没犹豫多久就附和了，然后就等他的意见。

身为老幺应该是最没话语权的，但老大似乎最关心他的意见，酒也不整理了，转过脸盯着他看。酒已经醒了一大半，他看了看老二老三，都在刷手机，突然他觉得有点累，说出来的话别说他自己，连老大听后都愣住了。

“我先走了，有点累，想先回去睡觉。”他听见他自己疲倦而又清晰的声音。

老二老三刷手机的手停顿了一下，然后抬头带着讶异的眼神看向他，老大喉咙动了动，想问什么没问出来，一口气喝完酸梅汤，酒似乎一下子醒了，深深看了他一眼，像来前的时候一样再次捶了他一下。“行，老幺，你就先早点回去休息，下回我再约你一块出来。”老大说。

夜晚是另一个白天，现在街上的人却比白天还多。没走上几分钟，他就一连和几个人撞了个满怀，这还好，撞得更多的是肩膀，这种现象太多，使他的肩膀硬生生疼了，只好努力缩着身子藏在人群中。他突然想到一句诗“人远天涯近”，旁边一群人走在大街上，人与人隔得这么近，心底又觉得很遥远，还不如白天渐落的夕阳。这句诗是他高二时从钱钟书的《宋诗选注》看到的，搁在记忆里好久，隔了这么多年又冒出来。他摇头努力摆脱这个古怪的想法，往自己那个二十平方米的屋子走去。途中他去超市买了个灯泡，付完钱，见冻在冰上的鱼挺新鲜，突然嘴巴里涩涩的，好久没吃鱼了，特别想吃鱼，这个念头他遏制不住，硬是回头又去超市内拿了条草鱼。

走在路上，鱼活蹦乱跳在塑料袋里挣扎，袋子里留了些清水，怕鱼还没到家就死了。他一路走，一路思考着小说的结局该怎么写，面对张军高考结果的态度他一度为难，本想交给编辑决定，现在他打消了，打算自己完成，成与败，张军的成绩和命运在他一念之间，还有家人的态度，致远的出场……鱼还在跳，右手都有点提不动了，他连忙将左手搭上。这鱼太肥，也不知养了多久，他气得狠狠拍了塑料袋两下，鱼打断他的思绪了。

鱼遭受重击，总算老实下来。他继续提着袋子思考，离屋子越来越近，人渐少了，灯光稀稀拉拉地打在地上，勾勒不出几个影子，他看到中午吃的那家店也早早打烊关门，拉下门面，锁上铁索，那一家子睡得早，估计现在都已经酣眠。他仍在思考，突然感到手里一轻，“啪”的一声。他连忙蹲下，鱼掉在地上沾了灰，大口拼命呼吸，鱼鳃有节奏地张合着，开始还蹦跶一下，慢慢就不再跳了。他小心翼翼地捧起这条草鱼，放进塑料袋里，泼上水，等了一会儿，鱼又慢慢动起来了，他放下心，这回握紧了袋子，站起身又迈开步朝屋子的方向走去。

二叔

一

二叔是二毛的亲戚，我们统一叫二叔，我几次遇见二叔，他都背了个罗汉锅缩在轮胎下修卡车，老远看上去像个大乌龟。

狭小的路口就他一人一车，还有路边趴着的一只无精打采的伸着舌头的杂毛大黄狗，它叫大毛，是二叔取的名。这样的场景，许多天来我们已经见怪不怪，二叔的卡车老坏，坏了也没钱修，只能一个人蹲在太阳底下鼓捣，琢磨说明书上的内容。过去二毛还会趿着他爹的拖鞋，熟稔地走过去，寒暄两句，譬如吃没吃饭之类的，一来表达亲戚之间的情分，礼节性问候；二来证明一下自个儿是个礼貌人，以堵住他爹娘老说他没大没小的嘴；三来蹭几颗糖，从二叔打了五六次补丁的裤口袋里掉过钥匙，掉过硬币，还掉过烟，唯独没掉过糖。二叔的口袋里永远有几颗包裹着玻璃纸的糖果，而这往往会被我们仨看中，先是到我们仨的手上，然后进入我们仨的嘴里。

“都多大人了，还吃糖！”二毛他娘对我们仨说。

“以后少和你二叔玩，绕着走，不然腿给你打断。”二毛他爹对二毛说。

他娘的话我们没记着，他爹凶神恶煞的样子反而将我们唬住了。后来我们也的确不和二叔打闹了，他不洗澡，一走近浑身一股恶臭扑面而来，像从粪缸里捞出来的。街上人躲着他，他身上的味道自个儿闻不到，没洗澡，以为早洗了，还对别人说：“看，我家大毛帮我记着呢，我洗没洗，大毛还不知道？它是狗，啥闻不出来，老黏我了。”

大毛是大毛，我们是我们，大毛是二叔养的狗，我们不是。二毛挺害怕他腿会被打断，他说如果他腿被打断了，以后讨媳妇都讨不到，没人要，就和南大门卖唱的那个赵大叔一样，小时候被老鼠啃了耳朵，缺了口，至今五十多岁了，还是单身汉一个。在二毛眼里，啥都能坏，就身体零件不能坏。

“这和卡车零件一个道理，缺一个就废了一半。”二毛说。

二毛他爹让二毛绕着二叔走是有道理的。二叔早年是一个十足的个人主义者，年轻气盛，谁的话都不听，结果在一次活动中，被一帮学生敲坏了脑袋，导致时常犯迷糊，忘事。事后，二叔还老以为有人要害他，脑袋里各种小人在打架，每当夜深人静，他就试图和脑袋里的人心平气和地谈，可据他说，谈不拢。有一次脑子里一个戴红袖套的还抽了他两耳光，将他硬生生从睡梦中拽下来，掉下床，在地上滚了三圈。街上有见识的说这是精神分裂，谁知道呢。谈了好多次后，二叔索性放弃了，整了个罗汉锅背着，还是上一代留下的，他说背了这锅，感觉安全多了。他起先借住在二毛他家，这是他在街上唯一的亲戚。二毛他爹嫌他模样丢人，好声好气叫他将锅拿下来，他不肯，二毛他爹就发脾气了，二叔被打，一个骨碌，又钻罗汉锅里去了。这事的结局是二叔被二毛他爹一脚给踹出门，连带罗汉锅一口气滚出了上百米。好在二叔有个泥瓦屋，是他爹留下的，于是将就着住下了，只是这房子建时他爹占小便宜，请的是街上臭名昭著的“泥人黑”，偷工减料，建成后开始还好，几十年过去了，老漏风漏雨，补丁都打不上。几次二毛他娘想偷偷把二叔接回来，都被拦住了。二毛他爹说：“他不是想背个锅嘛，这又是大风又是大雨的，他缩在锅里就行了，有个泥瓦房都是多余。”

二叔这一住就住到了现在。

二

平日里二叔爱在街上溜达，太平街上的人都认识这个罗汉锅，一看这个罗汉锅就知道二叔来了，唯恐避之不及。二叔连自个儿吃没吃饭都不知道，更别提和人打招呼了。他唯独记得二毛。说来这是个怪事，二叔连面对自个儿的亲哥哥有时都认不出，看到二毛反而脸上像开满了菊花，糖果不要钱似的大把大把扔出来。三胖说，二叔这一笑，看上去更像乌龟了。

三胖抓了一把糖，一抓就抓走一半，他是我们仨中最禁不起诱惑的。二毛连剥三颗糖纸，糖在嘴里一口吞下去，噎得直翻白眼，我赶紧给他“咚咚”地捶背。我说：“你吃药呢，尝都不尝就吞，也不怕噎死。”二毛说：“我就想试试吞糖果是什么滋味，我在学猪八戒吃人参果。”大毛在地上汪汪汪直叫，二毛踢了一脚大毛，说：“你也想吃人参果？去去去，这是你吃的吗？”大毛叫得更大声，身上的毛都奓起来了，二毛又说：“得，你个狗日的，还想冲我发脾气，要不是看在你是二叔捡回来的分上，我早将你送到李屠夫那儿，做红焖狗肉了。”大毛瞪大了眼珠子，仿佛听懂了，咧开嘴露出满口白牙，二毛还逞强不后退，被三胖一把拉住了。三胖在糖果里精挑细选出最小的一颗，剥开玻璃纸丢在地上，狗撅起屁股摇着尾巴去嗅。三胖说："你看，甭和狗一般见识，狗这种畜生，给它点甜头就行。"三胖装模作样去摸狗的脑袋，不料大毛转过头就走开了。二叔看着我们仨，脸上直乐，说："二毛啊，走，跟你二叔吃饭去，二叔家煮了地瓜，炒了白菜和鸡蛋。"对于这个请求，通常不用二毛开口，我和三胖就帮他拒绝了。理由有很多，最好的挡箭牌是二毛他爹，这时二叔通常不敢再说话，锁着的眉头像是乌云锁着头顶的太阳。

这天没多久就得下雨了，二叔叫二毛先回去，淋出病就不好了。二毛随口一问："那你呢？"这下二叔就得意起来，说："我有锅，你看，专避雨的，别说毛毛雨，暴雨冰雹都顶得住。"二叔将罗汉锅高高举过头顶，像是举着一个大大的黑色乌龟壳。这下连我和三胖都嫌他丢人了，我们一同走开，离得有十几米，老远冲二毛喊："你二叔又犯病了，咱们赶紧走吧，不然你都得被传染。"

这雨终究是没下下来。二毛得去给他爹搬货，我闲着没事和他一块去。他爹开杂货铺，本来整条街上就他一家，前一段时间搞开发，顿时同行如雨后春笋一样冒出来，还有几家洗头房、修理店、水果摊啥的，他爹感到了压力，越发拼命，一个人不够，还拉上媳妇和儿子。二毛说他已经几天没睡过好觉了。

我将搬货理解成游戏机里的搬箱子，不过远比游戏里的费劲儿，游戏里玩一盘花半小时，在这儿得搬一下午。一个个方块四平八稳，要整齐地码好，整车的货，搬完靠的是力气和耐力。二毛他家没雇工，因为请不起，于是只能哼哧哼哧自个儿搬，就爷俩，这次外加我这一个免费劳动力。他娘进屋准备西瓜，我和二毛合伙搬一个，他爹一次搬一个。我老羡慕他爹的胳膊了，壮得像个猪肘子，相比之下，我和二毛细胳膊细腿，跟筷子似的。我们汗流浃背，他爹闷声不说话，我俩也不敢多说，搬完后，我们仨活像游过泳。他爹靠着箱子抽烟，我和二毛不会抽，只能傻愣着看他爹，他爹被看得久了，待不住，进屋去了。

后来，二毛他娘端着一脸盆切好的西瓜出来时，他爹跟着出来了。他娘招呼我吃西瓜，我吃了四块，伸手拿第五块时，他爹喉咙里重重地咳嗽了一声，于是我就不敢拿了，手缩回去。

二毛他娘从所剩不多的西瓜中拿出一块大的，硬塞在我手上，说："你吃，西瓜多着呢，以后要常来。"我不说话。二毛他娘转过头，又对二毛他爹说："你看，过两天又要进货，咱俩忙不过来，得叫二毛跑他叔那儿去一趟，去时不能光叫二毛一个人，小孩子，容易出事。"二毛他娘对已经咬了一口西瓜的我说："你也去，几个小孩子一块，好歹有个照应。"二毛放下西瓜，说他不想去，想睡个懒觉。他娘瞪了他一眼，说："小孩子不懂事，你不去，咱家没人去了，没人去，咱家吃啥？还想吃西瓜，西瓜皮都吃不到。"他爹又重重咳嗽了一声，说："你把他放在他叔那儿，放得下心啊！他叔就是个二傻子，带坏了咋办？"他娘说："就是放不下心才叫二毛一块去，他叔一个人进货送货，没人看着，万一账务算不清，一家子只能喝西北风，真傻还是假傻？我可不想吃哑巴亏。"

接着两人压低声音，嘀嘀咕咕好一阵子，我和二毛听不清，只能埋头吃西瓜。二毛伸出手，不小心摸到了他爹的烟盒，还没来得及收回去，就给他爹打了一下手。他爹瞅了他一眼，没理他。后来他又不小心摸到了，他爹骂了一句不学好，二毛有些怯懦，不敢再伸手了。

三

二毛他娘一直想把二叔接回来，主要是可以多个只需管饭的劳动力，划算。后来二叔确实没找着事做，就跟着二毛他爹干了。二叔开卡车、搬货物，有时去进货。从杂货铺到批发厂有几十里，地势崎岖，有一段山路。卡车是老卡车，油门跟不上，一开起来就像气球漏气，"嘟嘟"地叫。前不久轮胎给扎破了，换了新的也不见好，其他地方又出了毛病。二毛他爹花钱去修，修理店的几个老师傅围着大卡车绕了三圈，从车头摸到车尾，最后拍着早坏了的车灯，忍不住叹息，说真还不如再买一辆。

二毛他爹舍不得花钱，这时二叔站出来了，说他能修。几个老师傅像看神经病一样看着二叔，差点将他赶出去。后来这卡车真给二叔修好了大半，照着说明书换材料，卡车勉强能开。为此二毛他爹特地屈尊跑去了二叔的泥瓦房，里屋响着狗叫，臭气熏天，二毛他爹提着半条中华烟站在门口没敢进去。二叔开门看到二毛他爹，露出挺失望的神情，傻愣愣地说二毛咋没来，然后看都没看那半条中华烟一眼，"砰"一下又把门关了，气得二毛他爹回去后闷声不语，一口气连喝了十几包茶叶降火。

这事是后来二毛和我说的，他偷偷告诉我，二叔整天和狗抱在一块睡，跟搂媳妇似的，我爹借着门缝一眼就瞄到了，难怪臭烘烘的。

第二天一早，天刚蒙蒙亮，我翻个身就被窗外的声音给吵醒了。听到有人喊我，我揉眼趴到玻璃上去看，楼下两个纤细的人影在朝我招手。三胖是被二毛从床上拖下来的，现在轮到他们俩来拖我了。

卡车停在路边，二叔正蹲着给狗喂饭，背上是那口标志性的罗汉锅。他说大毛要没吃东西，一天都叫唤不起来。大毛低着头舔饭碗，不时舔到二叔的手指头，二叔另一只手不断抚摸大毛的头。碗里是肉末混白米饭，还有几条腌制的鱼干，大毛吃得很欢。三胖问："狗也吃鱼干？不是猫吃的吗？"二叔说："只要是肉，大毛都吃，鱼肉里蛋白质多，吃了更有力气。"

我们先在卡车后备厢躺下了，实在太困，我们仨都迷迷糊糊睡过去了，后来身体感觉到卡车开动的声音，上下颠簸也没将我们震醒。我是被二毛的一声惨叫给惊醒的。大概二毛睡着后也没想到狗是挨着他上车休息的，蹭着他的胳膊。停车后，等二毛醒来，发现皮肤上沾了几撮棕黄色的狗毛，由于过敏起了细微的红疹，好在不多，但看二毛的样子，像是恨不得换条胳膊似的。大毛早跳下车，这狗日的畜生通人性，知道走远点，此刻正一脸戒备地看着二毛。后来二叔也来了，拧着眉头托住二毛的胳膊瞧，不料被二毛一把甩开了，二叔又托住，二毛再次甩开，这下二叔不敢托了。

二叔闷声不说话，抽了支烟，车停在批发厂外头，他叫我们仨在外面等着，事情他来办，说完掏出几块糖，偷偷塞到我手上，又在我耳边说了番话，然后自个儿进去了。而这个过程中，二毛始终低着头，看都没看二叔一眼。

太阳大起来，这露天的空地没有大树可以躲，我们尽量在卡车背阳面缩成一团，大毛试着走过来和我们一块，结果被二毛一脚给踢开了。

“你说你叫大毛,狗日的你配吗,你这畜生配吗？”

二毛把气撒在了取名这个问题上，他说他叫作二毛,一只狗反而占他便宜,叫大毛,这不是狗欺负人吗。显然,二毛对于二叔养的这只狗的情绪已经恶劣到了极点。我和三胖都不敢插话,我想起二叔之前说的,于是先把糖分了,又掏出他给的湿巾纸,浇上水,拧了几下,敷在二毛的胳膊上,试图平息他的愤怒。后来三胖说,在外边待着也不是个事,要不一块去看看。我们一拍即合,门口保安也不管,天气炎热,他穿着保安服,靠着墙昏昏欲睡,铁栅门开着,我们直接就大摇大摆走进去了。

四

其实也没走多远,我们一眼就看见二叔正和一个穿白色背心的人在嘀咕,手上还拿着本子,大概是核对的账单。二叔的声音有点大，似乎对本子记录的一些细枝末节感到不满，男人倒是振振有词,说话时络腮胡一抖一抖,男人说:“你就是个搬货的,管那么多干啥,再搞下去货就别取了。”这一句叫二叔泄了气。之后我们就跟在那男人后面去取货,这一路那男人头也不回,他背影不高,光头,像个地盘上待久了的矮猴子，露出的肱二头肌一鼓一鼓的，比二叔和二毛他爹壮多了，叫我好一阵羡慕。

男人反复抱怨，大概是钱还没有到账，货就先行的问题，又说到批发价，将某个人骂得狗血淋头，具体不知道是谁。但我心中暗地猜了几次，十有八九骂的对象就是二毛他爹。我们谁也不吭声，如果我们四个是《西游记》里的取经四人，那这批发厂就是西天，到了西天，这男人就是如来佛，是爷，得供着，经还没取着，佛爷的话就是真理，指着马说是驴，那它就是驴，不是马。

我们跟着佛爷一路到了仓库，佛爷优哉游哉地在门口停下，抽烟。二叔一声令下，搬货。接着我们仨嘿咻嘿咻开始搬起来，毕竟是二毛他爹的事，二毛不敢怠慢，而三胖比较贼，专挑小的搬，大的留给我们。

佛爷抽一口烟，就骂一句，吐一口，再骂一句，嘴说得顺了，越骂越起劲儿。我们学着二叔装聋作哑，货差不多搬完，本来都好好的，可二毛搬到最后不小心撞到了佛爷，佛爷随口就骂了一声，小畜生。二毛没敢吭声，可二叔不干了，丢下货，瞪着佛爷说："你骂谁是小畜生？"佛爷被驳了脸面，有点恼羞成怒，二叔也出人意料的强硬，相互推搡下，二叔狠狠给了佛爷一记右勾拳，佛爷捂着脸出去，叫我们等着。取经四人打了如来佛，那还了得，二叔招呼我们赶紧跑，余下的货也差不多搬空了，我们就跟着二叔一直跑出大门。要上车，那光头佛爷带人来了，大概四个人，拿着铁棍和板砖，危难之际，还是二叔的狗大毛跳了出来，后来的事我没法说，因为我捂住眼睛不敢看。只知道很惨烈，大毛和二叔联手，对面那几个人，被大毛咬了三个，剩下一个丢下棍子跑了，那佛爷是脓包，不敢上，最后也跑了。当然，大毛也不好受，挨了铁棍一下，差点被打折一条后腿，二叔鼻青脸肿，罗汉锅裂开几条缝，听二叔说是硬接了几下板砖，后来花了不少时间才补上。

这锅和大毛都是这场战役的功臣，而我们仨，则是这场战役的见证者。我们视二叔为偶像，单人拿口锅，虎虎生威。我们激动地看着二叔，可二叔没有丝毫高兴，他摸着大毛，叹口气："也不知这批发商会咋对付你爹。"说完担忧地看向二毛。也许从这一刻起，二叔已经预料到后来要发生的事。

我们一下意识到，很多时候，二叔不傻，相反，他比谁都聪明。二叔扳开二毛一直捂着的胳膊，小心翼翼揭开湿巾，看到红疹退去，松了口气，露出欣慰的笑，然后我们上车，货车"嘟嘟"地开动了，像极了盛夏时另一种蝉鸣。

五

返程途中走山路，我们的肚子饿得咕咕叫，二叔停车，领我们找了个路边摊坐下。路边摊此刻没人，支了几个空木桌，孤零零的几张木凳随意摆放着，可能最后一批客人刚走，老板叼了支烟正在拾掇碗筷。二叔问我们想吃啥，我们没说话，于是二叔自作主张，每人点了两个鸡蛋灌饼和一碗羊肉汤，还有一锅驴肉火烧，二叔说："吃，不够再加，吃多少都算我的。"大毛瘸着腿凑过来，二叔就摸着大毛的头说："我给你也点了，你也安心吃。"他招呼老板拿五副干净的碗筷，大毛高兴得直摇尾巴。

这顿吃得我们肚皮滚圆，我吃不完的都进了三胖的肚子，三胖靠着我不想起来了，他说以后也要多搬货，顿顿都这样吃。二毛默不作声咽下最后一口羊肉汤，他瞅一眼二叔，二叔正在付账，这顿总共花了五十八块钱，全是二叔自掏腰包。

回去后二毛他爹问起吃饭这件事，深深表示怀疑，当着我们几个的面，他问二毛他娘："你不会把进货的钱给他二叔了吧？"二毛他娘说："不会，钱我都管得好好的，一分不少。"我不顾及旁边的二毛，好奇地问了一句："二叔他家狗为啥叫大毛？"二毛他爹随口说："这个啊，因为他早年惹了事不能回家，有个儿才几个月大，可怜哟，还是刚取的名，叫大毛，就放在屋里厨房摆着的酱油瓶边，锅里的饭离人就五六米，几天没人来，最后给活活饿死了，后来养了只狗，就也叫大毛了。"

三胖站在旁边，为显得有文化，装模作样地说了一个成语，他说这叫睹物思人。

几个人七嘴八舌地说，二毛一直低头不说话。二毛他爹瞅了他一眼说："他二叔喜欢二毛，大概也是俩人眉眼长得像，高鼻梁双眼皮，长得就是俊。"我提出疑问："几个月的娃也能看出以后长啥模样？"二毛他爹一翻白眼，说："我咋知道，我又不是他二叔，看谁不是看，娃都长一个样。"

接连几天，太平街风平浪静，二叔时常领着我们仨去吃早餐，德顺店摊的馄饨、张老三家的葱油饼、赵大胖子店的肉丝粉，我们一天换一家，不久，整个街上的早餐店就快被我们吃遍了。有时候起不来，二叔就买好了给我们一家家送，每次一早起来，看到门口台阶上的塑料袋，金灿灿的葱油饼冒着新鲜出锅的热气，我就知道二叔来过了。我爹娘说天上不会掉馅饼，常呵斥我不要和二叔玩，三胖和二毛也一样遭到批评。对于我们自个儿能够忍受二叔身上臭味这件事，我们都深感惊奇。

二叔本质上是一个老实人，只是他性格孤僻，模样怪异，不修边幅，又有时嘴里蹦出胡话，才让街上人避之不及。而经过那次的进货，这辆老古董的卡车又出毛病了，二叔一连几天都带了工具蹲在路边修，我们嘴里吃着油条，手里拿着葱油饼，口袋里揣着糖在旁边台阶上坐着，三胖悄悄跟我说：“二毛的葱油饼比我们俩的都大，糖果也比我们多几颗，不信你看。”我按三胖说的瞅了瞅，还真是，就连二毛嘴里露出半截的油条也比我们俩的粗，一看就是经过挑选的。

大毛懒洋洋地在屋檐下晒太阳，它的眼前没有油条葱油饼，但有几根油光水滑的肉骨头。说实话，我都有点嫉妒这只狗，毛色不纯，卖出去还不一定有人收，现在吃得比人都好，吃了睡，睡了吃，过的是神仙日子。二叔说是给它养伤，这话我们谁都不信，它的伤，前一段时间就完全好了。

二叔做事很卖力，头都凑到轮胎底下去了，汗水从他头发一直掉到胳膊，旋即落入水泥地上，流于表面，再也浸透不进去。他接过三胖递过来的螺丝刀，半天头都没出来。我们问他要不要休息一下，他说不用。我以为他会很累、很苦，可又似乎不是，当他的头和身子出来的那一刻，我看见他脸上带着淡淡的笑。我突然想，二叔此刻是幸福的，他生命中最重要的两个东西都在他身边。在这太平街，万事万物都在随着岁月，随着这滚滚热气消弭，街上无人，树叶摇晃，蝉寂静无声，屋檐上淌下的一滴滴昨夜雨水，都是顷刻就会蒸发成汽成雾、化而为云的晨露。

一段时间后，二叔站起身，用袖子擦了擦脸上的汗，放好工具，朝我们一挥手，大声说：“总算好了，待会儿试试能不能开，走，我们先去饭店吃饭去！”

我们嘴里含着沁甜的糖，含糊不清地发出欢呼声。二叔领着我们三人一狗走在路上，我问二叔要不要换一件衣服再去，二叔笑呵呵地说不需要，可二叔身上实在太脏了，满是污垢，异味挥发在空气中，菜市场的生猪都不愿靠近，这与其说是白衣，不如说是黑衬衫。默不作声的二毛突然开口了："这么脏，饭店都不一定让我们进去。"二叔一愣，我感到二叔的身子明显颤动了一下，他哈哈一笑，说那要换的，要换的。

在二叔那泥瓦房门口等待的过程中，我们百无聊赖，地上的蚂蚁爬来爬去，蹲下身子，能清晰地看到它们黑色的触角。它们正在沿着直线前进。三胖盯着看了一会儿，说要下雨了，我们嗤之以鼻，他指着越来越多的蚂蚁说："喏，这就是证明。"我们半信半疑之下，二叔出来了。我们说："二叔，二叔，可能要下雨了。"二叔说："这不还没下嘛，再说了，下了也不怕，你们一人套个塑料袋，而我，还有个锅。"

说着，他又进屋去拿塑料袋，我们感到丧气，离家远，拿伞不方便，在这一段时间，三胖望着灰蒙蒙的天不断念叨，二毛不作声，只是反复望向趴在屋檐下的大毛。有那么几秒，我怀疑我自己是眼花了，看见前一段日子那个光头佛爷领人从狭小的路口走过去，这一幕我没和二毛三胖说，也没告诉二叔，毕竟延续的时间太短，画面倏地消失。

六

后来的我，将这一画面视为那一段时间二毛家杂货铺败落的前兆：地上蚂蚁乱爬，房檐边角的红砖瓦被磨去光滑的表面，铁路边栅栏杂草丛上，一直蔓延到狭小的道路上，灰尘沉积在空中飘忽不定，致使视觉也黏上一层抹不掉的模糊，像是一层垢，挥之不去。

而到了深夜，我们从太平饭店吃撑了出来，相互搀扶回到街上，二毛他爹正一脸阴沉地在街口等着我们。看见二毛的那一霎，二毛他爹二话不说，伸手就给了他一耳光。二毛捂着脸，我们停下脚步，错愕地看向二毛他爹。

“小——畜——生——”

这三个字几乎是从二毛他爹的牙缝里挤出来的，他瞪着二毛，眼里不像是看儿子的目光，倒像是过去看二叔的眼神，有厌恶，有嫌弃，有失望，乃至更甚。街上没有下雨，但温度持续降低，我们身穿短袖，露出光洁而瘦弱的臂膀，我们感到了冷。二叔也不敢说话，在一旁不吭声，我们丝毫不觉得奇怪，毕竟二毛是他爹的儿子，二叔倘若插手，反倒像一个外人了。

这天晚上，二毛硬生生被他爹给一路拖走了。月光影影绰绰，照亮了太平街的各家屋檐，微凉的夜晚，此刻街上处于酣眠，有着婴孩般的纯净，一切都熄灯了，二毛被他爹在月光下一路拖了很远，我们对着影子，也看了很久很久。

两天后，我们才得以见到二毛的面孔，这还是通过他娘授意，他娘说，以后二毛出了什么事，还得靠我们扶持。我们起初不懂“扶持”这两个字是啥意思，只顾点头，到里屋一看，才明白二毛被他爹打得下不了床了。二毛倒是出奇的冷静，腿上裹了石膏，他瞧瞧我们，说走吧。然后我们两个扶着他下床，三胖说，亲爹啊。二毛看了三胖一眼，说：“没那么严重，我是做出来的，不然还得被打得更惨，真就非得瘸了不可。”我凑近了，看到二毛眼睛里藏着闪闪发光的亮。

二毛说，腿上裹上石膏热乎乎的，很舒服。二毛还说，这几天总算睡了几个好觉，把先前的都补上了。三胖说，二毛这样骗他爹，等他爹发现，打得更惨。二毛又恢复了最开始的豪气，说，不会，爹就是爹，是亲爹的不会这样做。我和三胖都没说话，这事放在我们俩身上，结局肯定不好受。

当天晚上，我们在街上果然听到了杂货铺里二毛哭爹喊娘的声音。

二叔好似终究看不下去了，隔着数里，跑到二毛家，提出要将二毛带到他那泥瓦房去住，而二毛他爹娘犹豫片刻，居然同意下来。二毛他爹说：“要带走也行，你领着二毛犯了事，祸是你闯下的，你得负全责，去给人道歉，将批发的订单再弄回来。”我看见二毛他娘扯他爹的袖子。于是二毛他爹又补充了一句：“说好了，就住上几天，不能久了，毕竟，他还是我的儿。”二毛缩在后头一声不吭，大概是真难过了，鼻青脸肿的，低下头，肩头一耸一耸，像是马上要哭出来。

七

二毛从家里带了牙刷、杯子、毛巾还有要换洗的被褥以及衣物，他走得悄无声息，连我和三胖都没有通知。二叔早早给二毛腾了个大屋，二毛默不作声，将东西放在大屋最角落，只顾收拾自个儿的东西，其他地方不带看一眼。二毛不爱吃这屋子做出的掺杂异味的饭菜，二叔就顿顿带他去外头吃。我们都很羡慕二毛，当我们吃着西红柿炒蛋和酸辣土豆丝的时候，他正吃着鲜鱼汤和炖牛腩，不过这样的结果就是二叔早年积攒的养老钱缩水似的减少，二毛是一块海绵，将二叔的所有积蓄吸收得一点不剩。

但二毛又陷入了长期的沉默，跟随二叔住的这段时间，其实街上知道的人很少，二毛爹娘守口如瓶，我和三胖也不敢乱说。我们中午去找二毛，他往往还窝在被子里睡觉，二叔说：“让他睡，这孩子，睡得太少。”我们说二毛属鸡的，要再睡，就成猪了。我们合伙叫醒二毛，二毛睁着蒙眬的双眼问我们干啥,我们也不知咋开口,于是二毛又躺下蒙头继续睡。

我们气得直嚷:“再睡,你家那铺子都快倒闭了,你爹娘要喝西北风了。”二毛立马坐起身,被子滑到胸口,他问我们啥情况,我们就将事情一五一十说了。良久,二毛没说话,看向二叔,靠着墙抽烟的二叔很长时间才吐出一口气,他说:“我明早再去,明早去。”

我们知道,讨得原谅不是一件容易事,二叔打的人是批发厂负责人的侄子,批发厂知道二叔脑子不正常,于是屡次派人去二毛家,二毛他爹说:“找我干啥!他二叔打的人,关我一家子啥事,我儿还放在他二叔那儿,要找,找他去!”批发厂单方面停了二毛一家要的货。杂货铺陷入困境,二叔后来去找过几次,那光头说医疗费付上还不算,要带上二毛一块赔礼才行,二叔说这关小孩啥事,自己一个大人就够了。光头坚持要带上二毛,这事才一直僵到现在。

二毛好半天不响,待到二叔要离开时才说:“明儿,就明儿我和你一起。”

雨是在当天半夜下下来的,我猝不及防受凉发烧了。一直到第二天中午雨还没有停,窗外漆黑,雨滴打在玻璃上的声音,在我耳边格外清晰。我待在家里,没有和二毛他们一起去。整个屋子就我一个人,我开始胡思乱想,后来昏昏沉沉睡去了。我做了个梦,梦见一个人,我觉得他背影像二叔,于是我就喊了一声，没等他回过身，我就醒了。

接下来的日子我始终等着他们的消息。两天后，三胖来到我家，头发凌乱，嘴唇干裂。他舔了舔嘴唇，只说了一句话，警察要带走二叔。我不记得我当时想的是什么了，只觉得脑子“嗡”地响了一下，我揪着三胖的衣领问他发生了什么，三胖说，见面后，还没谈，那个光头抢先给了二叔一个大嘴巴子，二叔忍了下来，正要说，大毛已经从后背钻出来，跳起来把光头给咬了。咬到了脑袋，三胖比画了一下说，自己和二毛站在一边都看呆了，等回过神，光头的脸上已经多了一排血槽牙印，再然后，三胖又舔了舔嘴唇，那光头就喊人报警了。

这不是戏剧，我觉得事情发展的方向如此可笑，所有的和谈毁于一旦，抢先动手的反而成了受害人。作为狗的主人，二叔由于管理不当将被警察带走，至于狗呢，没有人关心了，反倒是二毛成了极为尴尬的存在，作为见证者，二毛要被带去做笔录。当警察抓起二毛的手时，二毛都被吓蒙了，哆哆嗦嗦要往后面钻。据三胖说，二叔一把挡住警察：“能不能不带走他？他还是个孩子。”二叔的语气如此软弱，“所有的错我都背，医药费我出，我的狗咬人我来解决，你不要带走他。”尽管警察语气缓和下来，固执的二叔依旧不肯退让。“行吧行吧，给你点时间，我看你怎么解决。”最后警察打了个哈欠，不耐烦地走了,“别忘了,不要我们请你去,做人,自觉点。”

大雨如瀑,前几天还分明是炎热的盛夏,此刻却有了归于冬眠的征兆,太过安静的街道,蝉也了无踪迹,不知去向。三胖被他爹娘给强制锁在了家里,二毛也未露面,而我,在一个清晨悄悄前往二叔家。

那个破旧的、漏水的泥瓦房,彼时异常安静,门没有锁,我就在二毛此前睡过的房间遇见了二叔,他盘坐在地上,屁股底下垫的是二毛没来得及拿走的一床被褥,他背对着我,背上的锅已然不见,取而代之的是他面前的一口罗汉锅。他回头看到是我,冲我勉强笑笑:“你是二毛的朋友,我记得你。”我在他对面坐下,像是下棋,那天我们聊了很多,也聊了很久,我说我会在他去警察局的路上送他。聊到最后,我要走了,起身前,我问他,那口罗汉锅装的是什么,二叔的语气如此淡漠,他说:“大毛啊,闷了好久才不动的,还能有什么。”

八

原来我们一直嫌弃二叔不洗澡,而对二叔来说,最好的洗澡方式就是一场大雨,洗净全身污秽。

临走的时候,我耍了些手段通知二毛和三胖,他们也都来了,在二叔被带走的时候,整条街就我们仨送他。我看见他在大雨中佝偻着背，因为戴久了锅的缘故，他背部呈现出一种病态的凹形，他在我们的目光中渐渐小成了一个“i”，分明很远，我仍看见二叔回头冲我们笑了笑，雨水从他脸上滑落，我下意识将手缩在口袋里。我摸到了一颗糖，放得太久，快要融化了，我将糖丢在嘴里，是薄荷味，喉咙里顿时感到一阵微凉。

老贾

太平街是条老街，内大外小，形状像个葫芦，也不长，人从“葫芦口”到最里边，也就几分钟的工夫，要是急着赶事，顶多不过三分钟。不过太平街人闲，掰着指头数，买米买菜买盐买味精，紧赶慢赶，左挑右挑，也要花上十几分钟，挑完抬头一看，太阳已经落山了。

太平街的人通常没出过街，整条街的人满打满算就两个人例外，其中一个不是别人，正是住在“葫芦中间”的老贾。

说起来“中间”这个词太模糊，要把葫芦比作两个连起来的西瓜，老贾就住在俩西瓜交接的缝隙那儿，是个窄地。和老贾一块住的还有个人，是收废品的老郑。老郑是出街的另一个，他早年念过不少书，是太平街正儿八经为数不多的“秀才郎”之一，后来不听爹娘劝出门闯荡，回来已经是十年后的事了，好端端的白净书生整成了个张飞样，胡子一抓一大把。

街上有几个五六岁的娃娃去找老郑问问题，一大群娃娃围着他，问他《诗经》。他说自己只有抹布，要洗碗，没法借，然后就把娃娃全都赶出门了。

再后来，老郑靠他爹娘生前留下的钱在太平街做买卖。这话在外边叫生意，在太平街叫买卖。老郑当买卖人，摆豆腐摊、做烧饼、打酱油，啥都做过，做得最好的一次是卖凉粉，摆个摊，放张凳，一个人躲树荫底下，人来就吆喝，没人就睡觉。摊在太平街没人会偷。

本来夏天生意挺好，买的人排长队，可刚过一个月，知了还来得及叫的日子，老郑的凉粉摊被查出凉粉原料有问题，老郑稀里糊涂因为这事被关了局子，还赔了钱，一个星期后才出来。

至此之后，老郑学老实了，思来想去，踏实下来，专心卖起了废品。钱挣得不多不打紧，他专门去找街上最孤僻的老贾和他一块合着住。

说到老贾，老贾出街也不是因为别的，前些年太平街边上的一所县城小学请他过去教书。教了两个月，老贾回来了，人家问他：

“好？”

老贾说：“好！”

“教了啥？”

老贾说："教了书！"

人家再问："娃娃听话不？"

老贾就矜持起来，颇为认可似的点了点头，说："学生礼德俱佳，均为可塑之才。"

那人就疑惑起来，问："那你咋回来了？"

这下老贾不说话了。

后来人一打听，原来老贾在校内窝着看书，忘记了上课，几次下来，被人家小学给辞退了，连带着教书费都没发。

老贾吃了亏，心里添堵，大晚上的想找他八十岁的老娘谈心。

他娘说："贾娃，听娘一句劝，甭想那些没用的，活人还能被尿憋死？改了那些臭毛病！"

老贾不吭声。

他娘又说："人活靠争一口气，踏实找份事做。"

老贾不吭声。

他娘接着说："你爹死前留下一笔钱，藏在地窖第三块砖头下面的水泥缝，你读书多，脑子活泛，拿上出去闯荡闯荡，借这钱在外做笔大买卖，太平街现就缺个大的买卖人。"

老贾抬头看了他娘一眼，一句话也不说，起身出了门。

第二天老贾他老娘哆哆嗦嗦下床，摔了三次，真将钱交给了老贾。老贾换了身新衣，又出了太平街。

这回没有意外，老贾三个月后才回太平街，回来时风尘仆仆，衣服裤子啥也没变，还是出门前那套，只是黑了。两只手上，一手提了样东西。

多了两麻袋的书。

这事将他八十岁的老娘活活气死，传到街上，人们纷纷骂了老贾一通，骂完后又同情起来，都知道老贾穷，没钱埋，一齐劝他赶紧借点钱给老娘处理后事。哪知老贾摇头不肯，人家问他为啥，他想了一会儿，义正词严地说："借，即为窃，不为自身所有，用之均为不耻！"

人家听不懂老贾的话，但又劝他说，窃总比不孝好，娘死不葬，是为不孝，总要叫你娘死后有个地方去吧，不然魂都不安息哩！

老贾听了脸色一下子青了，张了张嘴说不出话来。纯粹是同情，周围有些人从口袋里掏钱要塞到他手上，可老贾说啥也不接。到了最后，老贾抱头坐在地上像是要打起滚来，人们又气又笑，说老贾急得耍起泼来像个娃娃。

街上有个不成文的规矩，人死后三天内要下葬，不然魂不安生，赶人胎太慢赶不上，下辈子只能投成猪狗。到了第三天，老贾他娘尸体还在屋里放着，臭了，散出一股味，经过老贾屋子的人都捂着鼻子走，闲的人步子都快了些。有人又找到老贾，是个书商，他知道老贾穷，但书多，整个屋子堆着有上千本。他和老贾商量，说："老贾，你看你娘就这样放着也不是个事，你干脆就把书卖给我，我给你钱，你找棺材铺买个棺材给你娘埋了。"

书商以为老贾会答应，哪知老贾听了一声不吭进屋去了，出来时拿了个扫把，举起来要打书商，嘴里说：

"我就是卖身也不卖书，你出去，你出去！"

一百五十斤的书商被一百斤不到的老贾打得抱头鼠窜，出门留下了一只鞋子。书商在老贾屋子门口站住了，冲老贾恶狠狠喊：

"书能当饭吃？活该你娘受罪，前世造了孽，生了你个龟儿！"

说完一脚长一脚短往外走了。

好在晚上老贾终究葬了娘，不是把书卖了，而是卖了屋子，上百年的老屋子卖给了谁不知道，只知道得的钱换来街上王二麻棺材铺里最便宜的一副棺材。那棺材做得不好，搁着几个月没人要，最后卖给了老贾。

知道的人都说老贾傻，那屋子换最好的棺材都能几十副，就这样不明不白给骗了。老贾起先表情很茫然，后来听懂了，脸上憋得通红，想来想去憋出一句话，但最终还是没说出来，气瘪下去，背驼了三分，低着头走了。

老贾没地儿住了，又没亲戚，街上的人可怜他，将他安置在一栋一楼角落弯那儿的一间老屋子里，替他交了三个月房租，凑合着和卖废品的老郑一块住。也就是先前说的“葫芦中间”“西瓜缝隙”那儿。

老郑开始挺高兴，以为找着了个伴儿，合住省钱，虽说他比老贾大个十五六岁，至少多了个说话的人。

老贾搬来住那天老郑废品收到一半就急匆匆赶回去，一开门，傻眼了，只见整个小屋子都给书堆满了，仅留出个睡觉的地儿。老郑开口喊：

“老贾。”

老贾回头看了老郑一眼，不说话。

老郑又喊：

“书咋这么多，不要的丢了些！”

老贾这次头都没回，不应，埋头整理书。

老郑又叽里呱啦说，见老贾理都不理，就不说话了。

待在同一间屋里，老郑老想找老贾说话，但老贾只顾得上看书，要不就是清书，对老郑的话只是哼哼两声，像是应付。两个星期后，老郑突然清醒了，老贾不愿搭理他。

老郑问：

“老贾，你看不起我？”

老贾的脸又憋红了，赶忙摇头。

老郑又问：

“老贾，你是嫌我没文化，嫌我卖废品的比不上你教过书的？”

老贾这下就慌了，摆起手，说出和老郑住一块以来正儿八经的第一句话：

“非也！非也！”

老郑有些熟悉，似懂非懂，一脸茫然，想了想张开了嘴，顷刻，没憋出话，一个人走到角落整理废品去了。

从此老郑就不再主动找老贾搭话了。

老贾极少出去，通常是窝在那堆满是废品和书的屋子里看书。他时常怀念起那两个月教书的日子，迫不得已要出去了，逢见熟人就会打声招呼，停下来唠两句。好在太平街的人都闲，乐得听老贾念叨，老贾就理一理长袍上的纽扣，弯腰拍拍裤子，慢吞吞说起来。要是有人插嘴，老贾就不高兴了，背地里说这群人不听讲，还真比不上念过书的学生。

老贾经常要说在学校时那群学生咋样咋样乖，一看见他就会停下步子，恭恭敬敬叫一声老师好，老贾会理一理纽扣，拍拍裤子上本没有的灰，微笑地向学生们点一点头，表现出老师该有的和蔼与风范，耐心地说一番话。以至于后来老贾和人说话，一旦理起胸前的纽扣，拍起裤子的灰，人们就会知道他接下来要说的一定是在学校的事。

人们听来听去老是这些，就烦了，朝老贾摆摆手，说：“老贾你讲讲咋被辞退的事，我想听哩。”这下老贾就会显出异常慌乱的样子，手足无措，呆了半晌，招呼也不打，垂头丧气地离开了。

渐渐地，街上人大多都不愿听老贾念叨了，一看见老贾就主动绕着走。老贾开始没意识到，还想主动扯别人的衣服，停下来说上两句，谁知对方身子一闪躲开了，他脸皮一抖，这才知道别人的不情愿。一阵子下来，他的脸色又苍白了些，身子骨更瘦了，老远看像折了半截的竹子。

老贾不出门了。

不出门的理由可以有很多，像老贾太瘦，提一袋米提不动，提半袋要歇十几次，等人家中晚饭做完吃完他还没回屋；又像老贾要看书，以前没做过这些粗活累活，干起来不适应；还有是街上没人搭理他了，他往左边走，人家偏偏要扭头往右边看，他低头站在人家面前，人家偏要抬头看鸟，没鸟也要看云。

不管哪样，总之老贾不出门了。人们开始还不习惯，觉得没了老贾的唠叨少了些什么，后来慢慢地就不在意了，该买油的买油，该逗狗的逗狗，该唠嗑的唠嗑，该打自家娃娃屁股的打自家娃娃的屁股。

老贾待在屋里，老郑出去收废品了，整个屋就老贾一个人，屋里静悄悄的，只听得见细微的呼吸与咳嗽声，还有时不时翻书的声音。我住楼上，有时一睡睡到中午起来，看见老贾出来透气。一楼阴暗，阳光照不着，老贾就喜欢往二楼跑，看见我，他先是吃了一惊，缩了缩头，后来打量出我是一个未成年的学生，就打起了精神，肩膀也挺直了，朝我微微地颔首，笑上一笑，目光温和，与我说上几句。

他问："你是学生？"

我点头。

他又问："这个时候了，还不去学校？"

我说："今儿放假，学校没人。"

于是他露出尴尬的模样，半天没说话。

后来他又主动开口，说："我是教师，之前在一所县城小学教书，搬到这儿有段日子了。"

他说话慢下来抑扬顿挫，说话时还特地在"教师"和"教书"这两个词那儿停了一下，加了重音，然后看上我一眼，好像生怕我不知道似的。

我懒懒地告诉他说我知道，他就像之前一样露出惊讶的目光，颇迟疑地看向我，等我开口。我低低地打了个哈欠，身子往墙上靠，嘟哝说：

"不就是前阵子被辞退的那个嘛！"

他的脸色一下子又白了。

那天之后，他好几天都没再上楼，我也没下楼去看。有时临近晚上往楼下探出头，倒是看见老郑拖着鼓鼓的麻袋一步一步回来，路上没灯，老郑把头都要埋向地面了。以前我经常请他来我这儿收废品，和他熟。我叫他一声，他就抬起头，眯着眼睛看高处的我，脸上露出羡慕的表情。

想来想去，我也不知道他在羡慕什么。我问他：

"回来了？"

他停下来，规规矩矩站好，老老实实点了点头。

"急吗？啥时来我这儿收废品？我这儿有一阵子没处理了。"

他低下头，小声说："明儿，明儿一早就来，不会等太久。"

我不说话，他又站了一会儿，见我进屋去了，才迈开步子走回屋。

我再一次见到老贾是个大晴天。当时我在过道边上做蛋炒饭，旁边堆着煤，油烟一个劲儿地往天上冒。有人上来收衣服，收完马上就下去了，又有人上来，没下去，我抬眼一看，是老贾。

老贾还是穿着那件久经不变的长衫，听人说那件长衫是他早些年念书时穿的，穿了这么久也没坏个窟窿掉个纽扣啥的，倒是稀奇。太阳大，他额头上的汗冒出来，也不见他擦。他把长衫穿得工工整整，好像从没想过脱掉似的。

我早饭没吃，做蛋炒饭特地加了两个鸡蛋，多放了些油，油一碰见锅，立马发出吱吱的响声。老贾在旁边听见了，忍不住往我这儿看了一眼，我埋头炒饭，没有理他。慢慢地，锅里的香气冒出来，我进屋去拿碗。再出来时看见老贾已经走过来，正站在锅前望着饭发呆。我走过去后他立马又退了几步。我一手拿铲子，一手捧碗，熟练地把饭盛进碗里。

他又盯了一会儿，突然说："你这么小会做饭了？"

我头也没抬，没搭他的话，继续盛饭。

他又说："这么小就学做饭，咋会有时间读书！"

我心血来潮，忍不住骗了他一句，说："我不读书哩，上学不好玩，读书没啥用！"

我的话刚一说出口，他的神色就慌了，就像第一次见到我时的那样。他摆手拼命地摇头，嘴里不断说："不对！不对！"

我突然觉得他的表情很有趣，忍不住又说："我老早就想着退学哩，把没用的书干脆撕了算了，反正也用不着！"

他听了我的话，神色更慌了不说，连整个身子都哆嗦起来，眼皮子上下抖动，好像随时都要闭上眼昏厥过去。

他沉默了一下，然后哀求似的看向我，对我说："你不要退学，书很有用的，不然以后你会后悔的。"随后他又说了一大堆话，还有"非也，非也"啥的，最后说得我都烦了。后来我大手一挥，说：“成，我暂且就不扔了！”

这下他总算松了口气，好像还不放心，有些担忧地看着我。

锅里的饭都有些煳了，我撒上一把葱花，盛了满满一碗，锅里还有不少。我问他要不要，他嘴里说不要，于是我就没给他盛。

我进屋拿了个小板凳坐，随手还拿了昨晚剩下的红薯给他。当我递过去的时候他好似呆了一下，然后小心翼翼地双手捧着。之后我就不再管他，自顾自地扒起饭来。

做蛋炒饭简单，还好吃。屋里就我一个人住着，不讲究，我经常做蛋炒饭，或者不想做时就跑去外面吃，保证自个儿先不饿着。不一会儿，我感到我空虚的肚子慢慢饱了起来。我吃完了一碗，打了个嗝儿，又盛上一碗，一看老贾，红薯还有一半没动。

倒不是老贾吃得慢，只是他袖子长，每吃一口就要抬抬袖子看一下，好像生怕红薯沾上去。另外他咬一口总要咀嚼上半天，直到前一口全部吃完才肯动下一口。他的吃法很有趣，使我想起楼上金二家养的乌龟，遇见食物半缩头想碰不敢碰的样子，顷刻又伸出头，咬一口，然后缩回去，反复几次，极为有趣。

吃完后我要洗碗，把水倒进锅里。周围静极了，一时间只听见哗哗的水声。老贾在旁边站了一会儿，好似犹豫了一下，可能是那一半红薯的原因，他又主动和我搭起话来。

我戴上塑胶手套，有一句没一句地应着。他说得兴致正浓，丝毫没察觉到我的冷淡。说了一会儿，老贾停顿了一下，突然问我知不知道他全名叫什么，我说不知道，他就一点一点给我比画起来。

“书笙”，他慢慢念出这两个字，还怕我不明白，又把放一边的筷子拿在手上，点了点锅里的水，在白色墙壁上一笔一画写起来。写到最后一笔，他投下筷子，禁不住小声轻吟起来：

“我有嘉宾，鼓瑟吹笙。”

念完后回头看我，见我也在看他，他颇为诚恳地对我说：“不知道吧？这是古时一个伟人说的，叫曹孟德，很了不起的。”

告诉了我他的全名后，老贾好似觉得我和他亲近了，连着几个星期时不时地往二楼跑，每每见到我就笑容满面，手里经常捧着从小屋子里带来的一本或两本书，说是要给我讲讲。起先我还勉为其难地接受，到后来我烦了，干脆把自个儿锁在屋里，把门关了。而他每次来都不见我，就站在我门前停留一会儿，怅然叹口气，徘徊几步，等到太阳落下去才下楼。

住我隔壁的邻居老汉出来收衣服，见到老贾就会嘿嘿地笑一下，说："老贾，又来找李家的娃娃啊。"最初几次老贾会挺一下胸，脸红润起来，拍拍裤子上的灰，微笑地朝对方点头，一副仿若仍在学校的模样。老汉看到老贾手里的书，眯眼笑着问："老贾，今儿是'食经'(《诗经》)还是'伦鱼'(《论语》)？和我说说。"老贾有点耳背，听不清，于是就礼貌地颔首，对老汉说："都不是，这是《中庸》。"老贾还担心老汉看不清，要把书举起来给老汉瞧，这下老汉就又会发出嘿嘿的笑声。

老汉着实不是一个好的伴儿，说一句话要笑三声，和老贾说起话来像打嗝儿。次数多了，老贾好似也听出了对方的讥笑，等老汉再问起，老贾就红了脸，不再说话，急匆匆跑下楼去。

我再也没看见老贾上过楼来了。

待在二楼是舒服的，楼前种了棵树，下边叶子稀，上边叶子密，有时我觉得我像是上边的叶子，吸收阳光，安安静静地生长。

天像个说变就变的娃娃脸，敲锣打鼓拉屎撒尿全靠心情，昨晚还好好的，啥动静也没有，今儿一早，雨就哗啦哗啦下在了太平街。要说这场雨，说大也不大，说小也不小，可太平街的人怕水，一时半会儿街上都没人。我待在二楼不出门，看雨噼里啪啦落下来，这不是在下，整个像是在倒水。雨打在叶子上，一些稀疏的叶子纷纷掉下去了，埋入楼下的泥土中。

这雨接二连三地下，下了几天几夜没停，学校停课，我躲在屋里成天睡大觉，反而祈愿雨下久一点，反正下不到我屋内。可这雨不随心，来得怪，去得也怪，它不是渐渐变小的，是哗地一下子全部停下来，像是前一秒老天爷还在往太平街这个“葫芦”里灌水，下一秒就嫌“葫芦”满了，不倒了。雨说停就停，而这已经是四天后的事了。

在“葫芦”灌满的最后一天，我终于撑开懒腰，走出了门。我往楼下看，于是就看到了处在“葫芦间缝”的老贾。旁边一大块空地，没人，老贾跪在门外，双手扒着地，赤裸身子，衣服早不知丢哪儿去了。他抬头直愣愣地看天，头发亮晶晶的白，湿答答的，耷拉在肩头，像个软下来的刺猬，一丁点雨打在他眼里，他眼睛一眨不眨，仔细看，眼窝子里早已蓄满了水。突然，他疯了似的捶起地上的泥水，在地上抓了把泥巴，狠狠地扔在嘴里嚼起来，眼窝子里的水也啪嗒一下，掉在地上，落在水中。

他的眼睛像是死鱼眼，不会打转，透过水雾像是蒙了层荫翳的白色。吃完手中的泥，老贾晃了晃脑袋，咂巴咂巴嘴，好像还不够，他又扒了一块放嘴里嚼。这泥被水泡了几天，泡成了糨糊，糊在老贾嘴边，满嘴都是。老贾伸出舌头舔了舔嘴周边，突然猛地一扎头，将整个脑袋埋在水里，整个屁股也没几两肉，撅起来朝天，身子疯狂地拱动起来。他大口大口吞咽，发出呜呜的声音，地上的泥巴给他一点点吃进肚子里。老郑站在一边屋檐下呆呆盯着老贾，不敢过来，他惊恐地喊：

“来人啊，老贾疯了哩！来人啊！”

这一场雨近乎将一楼淹了个底朝天，水浸入屋里，将老贾一屋子辛辛苦苦堆的书给打湿了大半。书散开，掉下页来，在大雨里也不知冲到了哪儿，有些混在水里，大多是古书，有些年头，泡发了，等老贾再一捞出来，墨色字迹成了一团黑。

当晚老贾被几个人合伙拉起来，脸上雨水泥巴混在一起，只露出两个鼻孔还有微弱的气息。他身子一动也不动，旁边有人出来，试探地叫他一声：“老贾！”他茫然地抬起头，不知往哪儿看，随后又把头低了下去。

老贾生了场大病，元气大伤，迷迷糊糊躺床上，吃下去的泥巴，弄不出来，他自个儿又拿手去抠，放个盆子，一阵干呕，最后又闭上眼睛，昏昏睡去。

人们越发地难见到他了。

月底，楼上金二来催近两个月的账，这已经到了第五个月。老郑率先交了自个儿那部分，老贾没钱，老郑犹豫着数手里剩余的钱，叹了口气，抽出一半替老贾交了一个月。最后一个月的没人帮，金二来赶人，没法子，老贾挣扎着起身，只得借了个小推车，昏昏沉沉卷上几百本掉了页的书，不知跑哪儿去了。

其实我知道老郑还有不少余钱，他不肯拿出来了，他需要钱换屋子。

听说老贾辗转了几个地儿，最后住在街口菜市场茅厕旁边了，只是不经常出来走动。一次有人晚上在街上走，看见街口一个人坐在垃圾堆里低头刨垃圾，他走过去一看，看见那人穿了件破旧的长衫，形销骨立，像极了老贾。

说这话的人是卖棺材的王二麻，他说完旁边立马有人打断王二麻，说不对，老贾这样的人咋会刨垃圾，怕不是看错了。王二麻一想也对，就不说话了。

街上时不时传来老贾的消息，真真假假，也不知哪个该相信。一段时间里，老贾又重新回到街道的视野，成了街上的谈资。一直到腊月，人们才被过年的气氛感染，家家户户匆忙准备起年货来，老贾被搁置到了一边。

我最后知道老贾的消息是在年后的一个上午，冬雪还未融化，楼上楼下覆盖了一层雪。我突发奇想，想到外边去走走，谁知刚到一楼就被老郑拦住了。

老郑还是老样子，弓着腰，背个麻袋，脸被冻得通红。

老郑说："老贾死了。"

说起来，"死"是个奇妙的字，谁听到心头都不免一动。我愣住了。我问老郑："老贾咋死的？"

老郑嘴巴动了动，没出声，于是我就不问了。

后来我才知道，老贾是过年前一次出门，捂着脸，跑去菜市场偷把小白菜，没偷成，给人认出来了。人家喊一声，老贾。于是老贾连小白菜也顾不上拿，慌慌忙忙要跑，人就追他。老贾一路乱跑，没看路，最后掉到离菜市场不远的一处茅坑里，头被埋住，没上来，人一下给憋死了。

老贾啥也没有，仅留了一大堆的书，我和老郑一块替老贾收拾。去他住的地儿，惊讶地看见书都大大小小给码好了，被一个个大麻袋装着。随手翻开一本，之前被雨泡发过的，缺掉了页，老贾都给工工整整补了页，看上去和原样子没啥两样。

老郑问我："书还要？"

我说："我不要，对我没啥用。"

老郑想了一会儿，然后把书都给烧了，留下了几个麻袋，用来装废品用。

书在火堆里渐渐消失了，我回头问老郑：

"你知道老贾全名叫啥不？"

老郑一愣，然后看着我，摇头。

他问我：

“你知道？”

我想了想，没说话。

回去的路上雪渐渐停了，天上地上都是白的，街上没人。我慢慢地走，突然就想起老贾的全名，只是老贾不在了，贾书笙也不在了。

老贾死后一段日子被街上说来说去，反正街上人闲，嘴巴不停，总有要说的东西。你一说，我一说，只是一说到老贾的书时嘴巴一闭，就不说了。

过了两天，也不知是谁第一个先开始的，闷不作声把自家屋子藏的书都拿出来，堆在一块，放雪地里，一把火给烧了个干净。旁边其他人家知道了，也纷纷效仿，把自家的书也都给烧了，一时间太平街上家家户户都兴起了烧书。

大火在太平街烧了一个多月，总算是把能烧的书都烧完了。有些人还不过瘾，去书摊把要卖的纸书也抢出来烧，老板哭着号，爬过来抱腿，给人一脚踢了回去。书摊在太平街一下消失了个干净，一群娃娃看着自个儿的爹娘烧书，又是拍手又是唱歌，嘿嘿嘿地笑。一些男娃娃不怕羞，脱下裤子撒尿，瞄准了，对着书堆滋，火光一闪一闪，爹娘看了爹倒没说啥，娘要管，举起巴掌喊：

“皮娃娃！皮娃娃！”

吓得娃娃赶紧提上裤子,哗地一下全跑了。

现在太平街家家户户都没书可烧了，该买米的买米,该带娃的带娃,该胡扯的胡扯。

楼下的老郑如今搬到二楼住了，他卖废品卖得多了,有些钱,便经常在屋里躺着睡懒觉。老郑第一天就跑来和我说:

“狗日的,二楼果然比一楼舒服！”

看样子他好像忘记老贾了。

也忘记自己了。

街，人，和狗

一

二毛被狗咬了屁股这事，是后来小袁跑来和我们说的，当时我和三胖正在德顺店摊吃馄饨。

小袁是零售铺老袁的儿子，他爹和二毛家有过节，两家都做买卖。二毛家叫批发铺，卖些柴米油盐、生活用品，利润少，为的是图个客源，大头主要在进口烟花爆竹，逢年过节时用，挣得盆满钵满。那时小袁他爹的零售铺正在卖净化器，先前去外地走了一趟，见净化器颇受青睐，遂将这玩意儿引进太平街。本想带头吃螃蟹，趁机捞上一笔，但太平街人消费水平低，人人都说不如扫把，老袁开张两个月，零头都没挣到。

两家相隔不到二百米，相互你瞪我我瞪你，铺子遥遥相望，同开同关，不知道的还以为是一家开的连锁。老袁赔了钱，二毛他家挣了钱，于是心底憋了一股气，赔本将净化器退了，改行做卖口罩，兼些零售买卖。口罩成本便宜，老袁进货不少，近来街上多天没下雨，灰尘多，人也乐得花点钱买上一个，方便出门。一切本都好，偏偏两家卖的一个是污染空气的，另一个是防空气污染的，就好比丧喜两事，一红一白、一乐一哀，两家冲突越发大。

外人尝试调解，两家依旧我行我素，于是街上邻居索性放弃。客源就像一股风，要么向北，要么向南，平时还好，一到过节，老袁的店就冷清下来，二毛家门口一大批人能从西门口绕到东门街。小孩爱玩鞭炮，哭闹着要，爹娘没办法，依着小孩排队，二毛家生意红红火火。反观老袁家，店前后堆满白色，过节像死了爹娘，老袁黑着脸不说话，店门拉上一半。几次我上街去买东西路过，老远便能听见老袁打小袁的声音，大概是打屁股，啪啪啪，声音清脆得像切甘蔗，一节一节响。小袁哭起来像吹喇叭，一会儿高一会儿低，传出店门，隔着几百米都听得到。

"叫你乱说，还想乱跑，不准去！不准去！"老袁压低声音，小声呵斥。

小袁每次被打，一叫起来，半条街都听得见。街上十有八九都知道小袁没事爱往别家跑，尤其是去找二毛。他向别人说觉得二毛家比他家好，红鞭炮成箱放着，塞得满满当当，不像自个儿家，白布一个个挂着，不知道的真以为是在办丧事。小袁怕他爹，但忍不住还是偷偷去二毛家，这事让他爹大怒，一被发现就是一顿“竹笋炒肉”，屁股几天不能坐下，他娘心疼，熬夜给他擦药，他是擦好了又被打，被打了又擦药，屁股没完全好过，坐凳子只能坐一半。

二毛挺不以为意：“这不没事找事吗？就一小孩，说了别来还要来！”

二毛不喜欢小袁，年龄差摆在这儿，二毛会打游戏的时候，小袁才刚会玩捉迷藏。

那时小袁爱整天跟在二毛屁股后面跑，一次我和三胖不在，二毛闲得无聊，教小袁打游戏，小袁笨，怎么教也学不会，打双人游戏老拖累二毛，一关害二毛死了二十多次，气得二毛差点将游戏机摔了，从此之后，二毛不准小袁进他家门，在外见他绕着走。“愚子不可教也！”上学后，二毛听到了这句话，他对我说，这话就是指小袁的。

不知两人怎么碰见的，我老远看到小袁的衣服被浸湿了，紧紧贴在皮肤上，额头冒一点点的汗珠，从眼眶到鼻子到嘴唇，一路流下，最终从下巴尖滴下来。他舔了舔嘴巴，泛出一点白，嘴唇干裂，步子趺趺撞撞到摊前，差点将椅子都撞倒了，桌上的水杯晃了一下，他没瞧，嘴里喘着粗气，拉着我和三胖的袖子就要走。他一面说：

“来！快来！出事了出事了！”

二

后来我们才知道，咬二毛的狗，是街上的野狗，平日没人管，爱刨垃圾，时常待在垃圾场附近晃悠。说来奇怪，三胖平日最爱逗狗，一次都没被咬过，二毛就这次偏逗了狗给送进医院，还咬的是屁股。对这事，二毛嘴闭得严，别人问打死都不说。听医生说咬二毛的狗是刚出生的，好在狗小没有什么病，伤口浅，加上送得及时，倒没啥事，只是需要在屁股上打两针。

一针是三位数，两针接近四位数，狗没主人，医生又漫天要价，这事让二毛他爹吃了哑巴亏，老长时间不高兴，一年鞭炮算是白卖了。打听之下这事和小袁似乎有关，二毛他爹更是脸黑下来，以前小袁叫他叔叔他还应两句，点一点头，现在一声不吭，回头把二毛关在铺里，不准二毛出去。

那段时间二毛坐座位也和小袁一样，只坐一半，屁股老撅着。我和三胖感到好奇，一直想找机会扒下他的裤子看伤口，二毛警惕地防着我俩，特地将手搭在松紧带上捂着，怕被偷袭。他爹娘要看铺子，没空搭理他，我俩有事没事就偷偷带二毛翻墙出去溜达。一天深夜，我们仨约着去德顺店摊小吃一顿，这会儿客人都走光了，二毛蹭着边坐，他抱怨那狗太狠，被拍了两下就跳起来咬了他两口，真划不来。二毛记仇，第一个就专门点了狗肉。

三胖最近迷上一本叫《本草经疏》的古书，不知哪个地摊上买的，白封皮由黄转黑了，他吃饭也带着看，说养生的，管用。里面正好写道一句：狗肉发热动火，生痰发渴，凡病人阴虚内热，多痰多火者慎勿食之。他信以为真，回去拿屋里蒙灰的算命书一看，硬就认为自己是“多痰多火者”一类，平时最爱吃狗肉，现在见狗肉上来捂着嘴，避之不及。一大盆狗肉上来仨人眼巴巴看着，没人动。

二毛被狗咬后，被医生下禁忌不能吃狗肉。而我是向来不喜欢吃的。三人喝了点啤酒，吃了点凉菜，本想吹着风乐和乐和，消一消晦气，结果没乐和成。

“狗还能骑在人身上，我还真不信！”二毛挺不高兴，这顿饭花了他三个月的零花钱，重点是瞄准最贵的狗肉，吃入胃中以消屁股之耻，解心头之恨，一两个小时过去，狗肉完好。他嗑一个花生嘣地一下将花生米咬碎，右手拿筷子蘸水在桌上画了一个圈，又指了指桌上的狗肉，恶狠狠地说：“早晚得灭了那狗日的，炖了摆在这儿，叫它嘚瑟！”

纯粹是安慰二毛，我靠着椅子和他有一搭没一搭地聊，借着酒劲儿陪他大骂一通，又趁机想看看有没有可能脱下他的裤子，遗憾的是机会一直没出现。三胖还在仔细看他那本掉了页的旧书，对我俩谈话理都不理，眼睛都要凑纸上去了，他的碗筷搁在一边。风呜呜地吹，像漏了的口哨，声音含糊，时高时低。头顶是几百瓦的电灯泡，我顺着风的方向，勉强看见几百米外老袁的零售铺。那屋还亮着，显然人还没睡，一排排口罩挂在门外的半空中，和挂尿布似的，说起来也没人费工夫偷这廉价的白口罩，这玩意儿可以一直挂到天亮。

我们好久没见小袁了，他也被他爹给关在屋里，但没人帮他跑出来，就一直这样关着。我曾一度怀疑，这样会不会关出毛病，人要傻了咋办，不过这事和我没啥关系，是他爹娘的事。我想了几天没想通，索性就不想了。

小袁不在的日子，我们仨一下失去取乐的对象，深感无聊。三胖对我们的话题爱理不理，一天到晚那本古书不离手，于是我和二毛两人改唱双簧。

对于那只狗，二毛始终耿耿于怀，三句有两句不离嘴，一口野狗一口野狗地称呼，据他所说，这狗两个拖鞋那么大，核桃眼，毛色白夹棕，一汪汪叫起来尾巴翘得老高。我们仔细照他所说去垃圾场寻找过那只狗，一到垃圾场心就凉了半截，与其说垃圾场，不如说这整个一狗窝，公用厕所在旁边，中间是垃圾堆，右边就是野狗住的地方，只是藏在阴暗处难以看清。我带了木棍，二毛带了他铺子里的小型水果刀，三胖带了书，听二毛说那刀还是外国货，现在洋货碰见这本地土狗，还不如菜市场的杀猪刀来得实在。

我们一时愣住，三胖先软了，他本是被我们强行拉过来的，缩头扯着二毛的袖子说："先走吧，书上说君子报仇十年不晚。"

"走啥，先找着那只狗再说，"二毛死死拉住三胖，他回头看着站最后面的我说，"你先上！"

我们仨蹑手蹑脚往前走，眼看到了中午，这群狗还有一大半躺着，它们懒洋洋瞧着我们，身子动也不动。我有些心虚，步子越走越慢。其实要说最怕的，还是二毛，他被狗咬过，嘴唇直哆嗦，偏要挺直胸板，装出一副很硬的样子。

我们屏气凝神，连扫街大爷站在身后都没注意。他刚从厕所出来，手没洗，干巴巴搭在我们肩上，没等我们说话，他就把我们拉到一边。

"对面那么多野狗，你们还乱走，要不要命了！没见着我就住旁边，出了事又都算我的！"大爷对着我们一顿劈头盖脸地骂，"前段时间一个皮娃娃被咬了，有人上门找我，想要我出钱！甭想！不要命都回家上吊去！"

我们都知道他说的那个皮娃娃就是二毛，找他的人肯定是二毛他爹，我们不敢吭声，只得老老实实听大爷说话。他说了一气，大概是累了，缓了缓，自个儿往厕所后面走去了。他住的屋子就在那儿。

我们想要打听狗的情况，后来几天，天天去拜访大爷。大爷起初还挺不乐意，开个门磨磨蹭蹭，于是二毛从他家偷了包烟送去。大爷露出笑容，愿意接待我们。

大爷眯着眼抽完一支烟后，斜眼望着我们："你们仨原来就是那被狗咬了的皮娃娃？"

"就他一个。"三胖连忙指向二毛。二毛满脸不高兴，狼狈地躬身又递上一支。

"大爷抽烟！"

三

大爷爱闲扯，几天内，我们从他口里将太平街里里外外了解了个遍，哪家和哪家有仇、谁和谁互看不顺眼一清二楚。在他眼里，太平街不光没穿衣服，裤子也没带上，他整天扫大街，消息广得很。"你爹每次看见老袁就绕道，老袁不开张你爹就不开张，他开张你爹才开张！这不明摆整老袁吗！老袁迟早得被你爹逼走！"大爷瞅着二毛，二毛不说话，时不时朝屋外看去。他在看狗。

我们问过二毛很多次，在被狗咬那天，为啥跑去垃圾场，他一直不肯说。这回受不住我们几个轮番盘问，憋了半天憋出了五个字：跟小袁去的。

为啥跟着小袁呢，这下二毛也答不上来，他只说，他在路上见着小袁拿着一个塞得鼓鼓囊囊的黑色袋子，遮遮掩掩往垃圾堆走，他一时好奇就跟着去了。他逗狗时，和一小狗比哪个声音大，发现比不过，不高兴地拍了狗头两下，结果狗就将他咬了。我和三胖面面相觑，三胖问那黑色袋子装的啥，我说我咋知道，然后我们一致看向二毛。二毛摆手说他也不知道，只知道小袁扔下后，慌慌张张就走了。

看来这事只能问小袁。在这期间，小袁已经可以出门了。他爹说不准离家二百米，他就待在一百五十米之内，更不敢偷偷找我们。

老袁店的买卖不尽如人意。他摆一张凳子坐门口，时不时望对面二毛他爹开的铺子。

我们去找小袁的时候，他正蹲在墙角看蚂蚁。他丢两粒米、一点饼干屑，不到几分钟，吸引了一大群浩浩荡荡的蚂蚁过来搬食物，见我们来找他，他抬起头，脸色绯红，露出受宠若惊的表情。我们叫他去其他地方商量点事，他摇摇头，不敢出圈。后来我们四个靠着墙角坐下，三胖带了零食，我们一面吃东西，一面瞎聊，暗地打听那黑色袋子的事。

“你们说的那个，”小袁很快就明白了，“其实我自个儿也不知道，那是我爹叫我扔的，他说不要打开，搁在角落就行，晚上他来处理。”小袁是个老实人，撒不了谎，我们一阵气馁。

“被咬的事赖我，我替你报仇！”小袁露出很郑重的样子，这个表情在他稚嫩的脸上显得极为天真，我们仨想笑，但一时也笑不出来。“你能帮我杀了那只狗？”二毛有气无力叹息，开玩笑似的说。话如刀锋，刮去了小袁脸上的血色，我和三胖不说话，小袁嘴巴动了动，憋了许久，话终究没说出来，脸色由青转白，像极了他家口罩的颜色。

我们靠西，二毛他爹铺子靠东，小袁他爹眼神往对面瞧，忽视我们的存在。我们能清晰看见，二毛他爹喜气洋洋将鞭炮成捆摆出来，一个劲儿地用喇叭吆喝。透过喇叭，他的声音大得像牛，吸引许多人的注意。我们在说话，鞭炮响个不停，说话声都被盖过去了，三胖都有点看不下去：“你爹有点欺负人家了。”他指着老袁那铺子。那儿和吊丧没什么两样。

“这叫生意经，你不懂！”二毛装模作样地说。

“生意经”这词他是从扫街大爷口中学来的，念在他嘴里，颇有字正腔圆的味道。我们和大爷聊了那么多天，曾一度认为他是小人书里写的那种隐居神仙，听他说话一愣一愣的，只觉扫大街真是可惜了！大爷丝毫不在意，他摆摆手说这叫另一种奉献。这说得挺假，第二天，我们就看见他和发工资的人抱怨，要求得给他换个事做，要不就调高工资，或者换个住的地儿，不然续娶个老婆都困难。

狗还是那样，待在垃圾场的角落，没人管，抱成团。

“让你叫！让你叫！你以为你是警犬？”

二毛平日气不顺，只敢站在外面丢石子。自他被咬后，起初听有人说，这批狗要被处理了，要给它们找个安置的地儿。可过去了两个月，还是没动静。

他的伤口渐渐好了，能坐满整个屁股，我和三胖一直遗憾没扒下他裤子看看。小袁还是爱跟着我们，不说话，只是低头跟着。我们通常不主动和他搭话，三胖因为翻闲书还和他扯上一两句，显摆一下自己的知识，我走中间，不理他们，二毛走在最前面，刻意隔得远一点。我们在太平街溜达，从西门口一直走到东门口，无所事事，哪家摊熟就进哪家，第一声喊声“叔”，第二声叫声“姨”，多能提供些免费的吃食，夜深后摇摇晃晃各自回家。我们差不多要忘记那群野狗了。后来二毛被限制出门了，据他自个儿说是马上要端午节，铺子买卖太好，他爹娘一时忙不过来，得叫他搭把手。

二毛一走，余下三个人只剩下我唱单口相声了，好几次，小袁悄悄问我二毛伤口的事。我没和他说，于是他话变少，没再问了。我们无处可去，不得已又往垃圾场跑，带上两瓶酒听扫街大爷胡扯。

垃圾堆在小屋周围，果皮、纸屑、废弃家具应有尽有，垃圾车几周才清理一次，其间难免散发味道。屋子打造得密不透风，大爷一说起话来手舞足蹈，可惜视线太暗，我们见不着他的动作。他说待在这儿别的好处没有，主要是能够“淘宝”。他悠闲地点上一支烟，穿比自己大了不知几码的捡回的拖鞋，领着我们几个出门。我好心提醒垃圾场禁止吸烟，他大手一挥，说：

“没啥，我在这儿捡烟屁股抽好多年了，这儿我是老大，我说了算！”

烟雾缭绕，三胖和小袁捂着鼻子，学大爷那样，分别拿一个火钳在垃圾堆里翻，三胖放下书就像换了个人，骂骂咧咧，在垃圾场大呼小叫。

这是嗅觉、视觉、听觉的三重折磨，我待了十分钟，着实受不了，随便找个借口偷偷躲到厕所去了。老远听到他们哗啦啦地还在翻垃圾，人叫，狗也叫了。

我后悔没找小袁，叫他从铺子拿出几个口罩，偷的也行。冲厕所洗手时，我这才发现整个公用厕所的运水系统早都瘫痪了。我提上裤子，胡乱搓了一下手，出来时，三胖在门口等我。

“你掉厕所里了？”他盯着我，“有没有看见我的那本《本草经疏》,之前搁在靠墙的角落了。”我说没见着,他不信,用怀疑的目光打量我。我脸不红心不跳地接受他的搜查,他自然没有搜到,脸都白了,垂头丧气转头就走。他不知道,那本书有一半,都被我用作擦屁股的纸了,剩余一半垫在鞋里,不好意思拿出来。

“哦,对了!忘了和你说,小袁跑了,给狗吓得,”三胖走了几步回头冲我叫,“可逗了,吓跑他的不是别的狗,正是咬二毛的那只,就俩拖鞋那么大!”三胖用手比画了两下,样子看起来很得意。我说:“那当时你干吗去了?”他说:“我就看着啊,笑了两声,趁我笑那会儿,他就跑出去了。”

实话实说,我极为看不起三胖的做法,不过如果他不说,我就要忘记那只杂种狗了。我特地跑小袁他爹铺子去看,小袁正被他爹呵斥,我猜,内容大致又是不让和我们几个玩,至于另一部分,大概是回来太晚的缘故。小袁的脸红一半白一半,低头不说话。

四

这天以后,小袁又被他爹关了两个星期的禁闭。我和三胖去找二毛,他自个儿待在后门放鞭炮,玩得不亦乐乎,压根顾不上我俩。

直到我俩要走，他才放下鞭炮，拍拍手上的灰。

“别走呀，一块玩！”

我俩不理他，继续准备离开。他这才慌了，跑过来拉住我俩。

“悄悄给你们说一个事！”

“啥？”

二毛犹豫片刻，贴到我俩耳边，声音放低了。

“我爹要在街上弄个烟花晚会，要在端午节这阵子狠狠赚上一笔，到时候扩大买卖，一个铺子不够，打算再租上一个，你们猜我爹要租哪儿的？”

二毛的话吓了我俩一跳。

“哪儿？”

“就租老袁那儿！那铺子便宜！挣钱好使！”二毛十分笃定，显然是他爹告诉他的，“这话就给你俩说了，这叫商业机密，和我爹学的！”

二毛怕我俩不信，又耐心解释了一通，还逼着我俩发誓不让往外说。

“你爹占了老袁那地儿，老袁一家子人咋办？”三胖问。

对于这个，二毛也回答不上来，支吾一会儿，说要找他爹去问。

“对了，那野狗怎么样了？”他突然问。

“还是那样，要说那几个肉食店的真叫人不省心，以前不管，现在看狗肉价上涨，老爱打这群野狗的主意，偷偷摸摸在垃圾场蹲点，还生怕别人瞧见，一手捆绳子，一手拿麻袋，掩耳盗铃，和二傻子似的！”三胖摇头晃脑地说。

二毛能不能出去，取决于店铺里事多不多，小袁能不能出去，取决于他爹的心情。三胖说这是唯物辩证法，一个是客观唯物，一个是主观唯心，也不知他这一套套从哪本书学来的，这可唬不住我。我说他可以尝试着给狗咬一下，瞧痛不痛，我告诉他，伤口痛就是唯物，心里痛就是唯心，他问要是都痛呢，我说，那就是既唯物，又唯心。

端午节说来就来，买糯米，白糖、猪肉、豆沙一字排开，爱吃哪个包哪个，点筷蘸水，十分忙碌。太平街后方一带有一小片湖，养着些芦苇，一大清早，一大帮人去采芦苇叶，没多久就采完了，当作粽叶，稍微迟一点的只能买现成的粽子。天还未亮，二毛便出发了，捧了一大堆回来，除了家中自个儿吃，一部分都得用来包好卖出去。

他这么卖力，其实是为了好出门和我们放鞭炮，将包粽子的事交给他爹他娘。这个想法如愿以偿，第二天，我们就在德顺店摊坐下了，吃着卤菜喝着啤酒吹着风。我们围着一张桌子，二毛放开嗓子在唱歌，我忙着吃菜，三胖又开始看那本

《本草经疏》了。这本破书给我上厕所用了一半，余下一半后来被我偷偷放回在三胖外衣的大口袋里。

“喏、喏，小袁！”我吃得正来劲儿，三胖用手肘推我，指给我看。

很快，我就在店摊背光处的一张桌子前，看见了那个瘦弱的身影。他不是应该被关在铺子里吗？两个星期没见面，我都差点忘记他长啥样。可这的确是小袁，大概只有他的影子才会在肥大的灯光下，斜垂成一条细线。他眼睛瞪着，和猫眼似的发亮，显然他也看到我们了。都说酒后壮胆，二毛心却虚了，声音弱下来，可能先前三胖一番话，让他觉得面对小袁挺为难。他站起身，要换个地儿坐。

二毛率先出去了，走前酒瓶都忘了拿，三胖嘴巴动了动，想说啥没说出来，我拉着他跟上。小袁远远看着我们离开，我想他心中大致会有什么样的情绪呢，我想了半天也想不出一个好词。

接下来几天，我极少在街上看见小袁，平日二毛领着我们四处炸炮，一次冲烟花，给楼上晾晒的衣服冲了几个大洞。那天一下午，整条街都听得到房主跳上阳台，发出响亮的骂街声。

每次放完炮，他俩都派我去丢烟花屑。到垃圾场，大多数人扔下垃圾捂鼻就走，恨不得多长两条腿，转悠是极少数，都是肉食店派来的。我嗅动鼻子，能闻到一股股令人厌恶的酸臭味。小袁也在这儿，我还看见他了，大太阳下他也不找个阴凉地儿躲一下。他嘴唇干裂，眼睛直愣愣盯着垃圾站，像是傻了。原来这几天他跑这儿来了，他是来找扫街大爷的吗？我几次都有些犹豫，却始终没上前和他搭话。

节日渐近，二毛他爹娘两人忙得上蹿下跳。铺子两边各堆了座小山，一面摆烟花，一面摆粽子，活像是俩门神，中间的日常用品挤到一块，塞里头，要不进门，还真没人瞧得见。垃圾场的垃圾猛增，还多了几件大型废弃木板，那群野狗住的地儿越来越小，近些日子我跑去丢垃圾，看见已经少了好几条，大概是另寻他处，又或是被抓走了。

二毛一家生意越好，老袁的生意跌得越快，连带着微薄的口罩买卖也难做下去。他似乎开窍了，不再和二毛他家死磕，陆陆续续收摊，能搬进屋的尽量搬进来。几个破掉的口罩没人要，落在店门口，被人踩上几脚，随风而飘，不知所终。

二毛提议将鞭炮带到垃圾场去放，这遭到我和三胖的强烈反对。三胖是同情狗，天气炎热，原本住就不行，再来一响炮，人都遭不住，何况狗。我是怕把狗惹毛了，也被咬上两口，心里头瘆得慌。我可不想坐个椅子屁股只能挨一半，另外二毛不知道，小袁也在。

“你爹要了老袁家的铺子，全都用来卖鞭炮？”我问。

“怎么可能，”二毛白了我一眼，掰着指头数，“六成用来卖鞭炮，三成半用来卖日常用品，余下半成给口罩一个面子……我爹都商量好卖主了！保证比老袁卖得好！”

“我爹说等我长大后那铺子都是传给我的，叫我现在帮好忙，熟悉熟悉，你俩就跟着我混！”二毛拍着胸脯说。

三胖不以为然，他把自己兜里的书一本一本掏出来，说他要去学校念书，要当文化人，不做买卖。我说我也是。

着实没有什么去的地儿，在这炎热的天气里，我们仨闲坐在不知谁家门口的台阶上，头顶是黑色的房瓦，我们一面丢响炮，一面漫无目的地闲扯。

“喂，你跑垃圾场见着扫街大爷没？”二毛好似想起了什么，突然问我。

“见着了。”

“你见着狗没？”

“见着了。”

“你见着小袁没，就老爱跟着我们那个。”

没等我回答，三胖就替我否定了，顺便将上次小袁在垃圾场被狗吓跑的事说了一遍。

二毛乐了，说原本就知道小袁胆不大，想不到胆这么小。后来他不问了。

五

端午节马上要到了，老袁家很自觉，深居简出，铺子常常不到黄昏就关门了。街上很多人背地里都说老袁一家待不下去，要走了。我们很久没见着小袁，也不会特地去老袁那儿打听，偶尔谈论一下，轻描淡写盖过去。三胖是最在意小袁的，嘟囔着现在没人再听他讲书，讲知识，这成为他日后颇为遗憾的一件事。

老袁家铺子日夜渐空，整条街的人都知道他待不了多长时日了。

他一家临走的前一天，街上发生了一件不大不小的事，谁也没想到咬二毛的那只两个拖鞋大的野狗在夜里被人杀了。两天后，我去吃早饭，听德顺店摊老板一面下馄饨，一面嘀咕这事。肉食店的人走在路上还骂骂咧咧，说是原本计划好的，还没动手，急匆匆赶到现场，人都傻了。一切始料未及，那狗一大清早死在垃圾场外围的路上，歪着头躺着，毛发完好，一动不动，宛若熟睡。杀狗的是谁，街上有些人议论纷纷，但都没个准头。狗看起来像被憋死的，因为尸体被发现时，脑袋上被死死捂了个白色口罩。

我怀疑过是小袁，但他们一屋子人全都走了，走得悄无声息，大概是深夜离开，隔天整个铺子都被清空了。第二天上午，二毛他爹敲锣打鼓，叫了几个人帮忙，将自个儿满当当的鞭炮往那空铺子里挪，吆喝来吆喝去，半条道都给占了。别人也不好说啥。二毛他爹已提前交了租金。

晚上，他爹专门摆了几桌宴席，请附近邻居和朋友喝酒。靠着是二毛朋友的关系，我和三胖也去了。我们仨围着一个偏僻的角落坐一小桌，即使这样，他爹的眼神也老往我们这儿瞟。

喝到一半，趁没人注意，我们偷溜出门，跑到德顺店摊继续吃喝。这回二毛没点狗肉，光点几个素的卤菜，凉拌海带、腐竹、土豆，他说他想祭奠一下那只死去的狗，然后手放在屁股后面，抚摸着已经好的伤口，不知在想什么。

一周之后，新铺子隆重开张，团圆气氛未散，街上人蜂拥而至，相继捧场祝贺。二毛他爹站在门口拱手欢迎，和每一个人都笑容满面，握手问好。我和三胖也去了，还没见着二毛，他爹将我俩请出来了。

在偌大的太平街上，每天总有太多琐碎的事发生。至于那只狗，大概是死了也就死了，不是什么大事，就如被咬过的伤口愈合，化为平常，注定被人遗忘。托那狗的福，其他野狗都被一辆车接走，送去动物流浪所，垃圾场顿时空了一半。

一切风平浪静，直至七月中旬，某天垃圾场突然引发火灾，天干物燥垃圾成堆，这会儿人都在屋里头避暑，火光冒了许久，才被倒垃圾的人发现。后来核实，引发火灾的是一住垃圾场的大爷，他抽烟后将没完全熄灭的烟头丢到垃圾堆，然后回屋睡大觉。这还不算，恰好不知街上哪个缺德的丢了个黑色塑料袋，点上了，里面放着的全是烟花的火药引子，还有几枚冲天炮。据说当时垃圾堆冒火时还噼里啪啦地有鞭炮响，引燃了旁边的废弃家具，火光冲天，灭火的来了都不敢过多靠近，生怕里面放了个“雷王”。听说火光过后，人们在烟尘中寻找可燃物，最终找到了数个烧了大半截的木头，其中一个上面一截煳了，下面隐约刻了一个“哀”字。街上人议论纷纷，猜测是哪个姓哀的人家将木头扔这儿的，可街上没有人姓哀，讨论半天，终无结果，只好离开。

我仔细计算了一下火灾的时间，那时是晚饭期间，我刚吃第三个粽子，前两个是白糖馅的，第三个是肉馅的，油多，我吃得直擦嘴巴。当时我边吃边想，粽子有猪肉馅的，那么是否有鸡肉馅、鱼肉馅和狗肉馅的呢？我不想吃狗肉馅，大概会很腥。后来我们几个买了点水果，一起去看扫街大爷。他差点死在垃圾场，在医院醒来嚷着要换个地儿，一直不消停，闹得医院都烦了，后来请了个心理专家来给大爷问诊。

“行了吧，看你年纪大，没给你判刑送去关大牢，算不错了！”心理专家对大爷说。

人都怕火灾，二毛他爹铺子里的烟花鞭炮生意一落千丈，他爹不得已退了新铺子，老老实实做小本生意。

六

三胖有段时间不出来了，他在屋里念书，说是正经书，他信誓旦旦表示，要去上学。二毛忙着帮他爹，没空理我，我百无聊赖，我爹也没有杂货铺，所以我只好学着三胖躲屋里，看一下书，睡一下觉，该吃饭时就吃饭。

等我们又聚在一起喝酒，已经是在重阳节来临的前一天了。我们仨看起来都没啥变化，只是话少了很多。这顿酒一直喝到凌晨以后，天刚刚破晓，朦朦胧胧的晨雾浮动在空中，像晶状体里包裹着棉絮，微弱的光照进窗户，我们趴在桌上慢慢醒来，头疼欲裂。二毛结了账，要了三杯醒酒茶，我们互相搀扶着走出门。

在街上，不知谁家门口放着几把铲子，我们走过去，掂量着拿了三把最小的，二毛一屁股坐在地上，我也扶着墙休息。趁这工夫，三胖回去一趟，取了个黑色塑料袋子，鼓鼓囊囊，看起来有十来斤重。里面装着那只死去的小野狗。

这是出事的第二天中午，三胖趁人不注意悄悄带回来的，之后一直放在他家的鸡窝里，除了我们仨之外，没人知道。

我们一路摇摇晃晃走到后街的小树林里，把装尸体的塑料袋放在地上，喝完醒酒茶，闷头坐了一会儿，然后哼哧哼哧开始挖坑。空气清冽，除了几只不知哪儿来的蝴蝶，围绕着四周上下飞舞，一切安然静谧。天空大片大片黑暗逐渐被驱散，变得昏暗，又慢慢明亮起来。要到新的一天了。远处西门口几户人家传来几声鸡叫，尖锐，透亮，二毛停下来扶着腰，想试着点支烟，手突然抖了一下，没点着，他抬头望了望天，又朝东面的方向看了看。

“时间不多，要赶紧埋了！”二毛说。

清明

有段时间我一直做一个梦，一群鸡簇拥一块在天上飞，云在下面，巴掌大的鸟在后面使劲儿赶，也不知是鸽子还是麻雀，翅膀张老大也飞不过。

我把这事和二毛说了，二毛不信，他一脸认真和我说：“鸡咋能升天呢，你看错了，那不是鸡，是鹰！”

“只有鹰飞得才比这群鸟快，麻雀啊鸽子啊什么的都飞不过。”二毛说，“鸡飞半空中就会掉下来，是地上跑的。”

二毛的话使我气馁，我问他：“你见过鹰吗？”他说：“见过，电视上见的，老大了，和飞机一样快。”说这话时他还特意张开两只手臂，往两侧画了个巨大的弧形，他说他长大就想当飞行员和鹰比赛。

“鹰铁定飞不过我。”二毛很有把握地说。

我们就爱这样有一搭没一搭地聊天。

太平街和往常一样，不大有人出去，也没啥人进来，出去、进来的大多是送货商。我爹娘说现在立春刚过，雨水要到了，不要出门。我知道他们说的是二十四节气，最近上课老师老爱强调，还编成一首歌摇头晃脑叫我们背，和个二愣子似的。二毛趴在桌上说特没劲儿，背了好几次都背不出，我知道是他爹娘要离婚了，最近闹得凶，也不避讳，他晚上失眠睡不着，早上学校做早操他就耷拉着眼皮子，自个儿一惊一乍，怕老师抓到，眼睛一闭一睁，像是一只半合着翅膀怕被打搅的鸡。其实他想多了，这事老师都懒得管。

天气晴朗得不像话，临街的地儿通通都下了雨，它风都不刮，屁都不放一下，有人出去送货，在外面穿雨衣，回太平街脱下，将雨衣抖一抖，太阳一晒，整个水珠子就干了。它在两街之间，就像两个世界似的。

对于放任我出门，我爹娘出奇地不乐意。他俩最近爱在隔壁房间嘀咕，不和我说，反正我也听不到，他们放任我在家做一切，不上课，我就整天躺床上睡觉。

白云、鸡、天空，翻来覆去我的梦里就这几个。我仔细地比较过云的大小，每次都有些不同，厚一点薄一点，大一点小一点，鸡都差不多，我辨不出公母来，它们肆无忌惮地飞，来回游荡像在水中的鱼。我觉得我大概是疯了，这事我爹娘不会听，只能给二毛说，但二毛现在听多了，坐一旁爱打瞌睡。

"我爹娘整天闹着分家，我昨晚凌晨三点睡的，"二毛说，"你应该找个复读机录下来自个儿听，或者找几只鸡试验一下能不能飞天！"

二毛央求我，说我不要冲他念叨了。

其实我也想过找几只鸡试验一下，可整个太平街在内，芝麻大的地方鸡着实少得可怜，前一段时间镇上鸡价大涨，为了挣钱，太平街很多人都把鸡给卖了。现在镇上鸡倒是挺多，可路远，我爹娘铁定不愿意。

"你爹娘是如来啊？一天到晚不准你去这儿去那儿，上回郊游我爹娘都批准我了，整个班就你没参加，他们五行山压着你？"二毛有些愤愤不平，"要不你和你爹娘说说，叫他们去镇上带几只鸡回来！"

"打小起我爹对鸡过敏，我家都不吃鸡肉，"我说，"我就离得老远看见过鸡，打小碰都没碰过。"

"那咋办？我记得整条街就三胖他爷爷那儿养了几只公鸡，听说他爷爷老古板一人，耳朵不好，养着公鸡早晨齐声打鸣用！"二毛犯了难，他挠了挠脑门，"只能和三胖套套近乎，要他带我俩去瞧瞧。"

三胖和我们不一样，我和二毛住太平街的东面，他住太平街的西面，隔得远，来往少，关系一般。整个班上就他爱睡觉，睡醒就吃东西，老师不管，我们都老看不起他。听老师背地里说他爹娘早年外出打工，一直没回，他和他爷爷一块住，每次和他爷爷说话都要扯着嗓子喊，和喊魂似的。这导致第一次他在班上说话时，声高大得都把我们吓了一大跳，他索性后来就很少开口了。

说起来，我们和三胖一直玩不来，其实是因为和三胖有过节。上一次期末考试，三胖坐第一排，我坐第三排，二毛坐第二排。考试题目难，二毛有几道题做不出，他想回头问我，可老师在讲台盯着，后来他见前排三胖正唰唰地做题，就身子往前凑上去看，正好看见三胖在偷偷翻书抄答案，二毛扯三胖的衣襟，小声叫三胖写一份，这事要换作其他人就同意了，哪知三胖是个死脑筋，油盐不进，特地还将椅子往前搬。二毛不高兴了，问了几次没被搭理，干脆举手报告老师说三胖作弊。

坐第一排，敢在老师眼皮底下作弊，那还了得，老师嗖地一下抓到了三胖，二毛得意扬扬地看见三胖被请到了办公室。结果后来我们仨都没考好。三胖和二毛是自然的，三胖还被叫了家长，我是因为考作文偏题，作文题目是《如果我是一只天上的鸟》字数不少于三百字，我在“鸟”边上添了两笔，通篇写成了“鸡”，字数洋洋洒洒写了一倍，给的分数一半都没到。

因这事我被我爹娘痛骂了一顿，也就是从那时候起我开始梦见鸡在天上飞了。

我俩去找三胖的时候三胖刚好午睡完，他伸个懒腰，随手在抽屉里摸出个鸡翅大口嚼，头发没梳，竖起来，活脱脱像小人画里雷震子的发型，只不过这个“雷震子”脸是圆的，鼓鼓的全是肉。我俩朝三胖招手，他分明看见了，但他却不起身，等我俩走近，他立马又站起来出去了。这人记仇，二毛和他说不来，我就单独去找他，可他也不理我，遇见我绕着走，大概知道我和二毛是一伙的。

“这人气量小，一次仇至于吗！”二毛抱怨，“不如直接去找他爷爷，说点好话就借出来了。”

“三胖和他爷爷一块住，三胖不会叫他爷爷借给我俩的！”我说，“这还不如去镇上买几只鸡靠谱。”

“我就说我们是三胖同学，”二毛蛮有把握地说，“趁三胖不在家去找他爷爷，他爷爷铁定借了。”

太平街的天空开始慢慢地出现了细微的乌云，我爹娘说得没错，雨水一到，过段日子就要下雨了。他俩仍喜欢在房间背着我嘀咕，时间急，我怕下雨，就按二毛说的计划去做了。

没想到我俩算对了开头没算对结果，他爷爷胡子一大把，听说我俩是三胖同学开始时还挺和善，一听要借鸡，脸立马就耷拉下去，不说话了。他一声不吭跑到角落拿起扫把，我和二毛还以为他要扫地，哪知他挥着扫把赶我俩出来了。

"就算你是天王老子也不行，鸡是命根哩！要借甭想！"三胖他爷爷说。

这事挺丢人，第二天三胖上学幸灾乐祸地看着我俩，想来他爷爷铁定将事情告诉他了。

"这是啥爷爷，借个鸡还拿扫把赶，"二毛近来瞌睡重，这一扫把将他给吓清醒了不少，"比我爹娘吵架还凶，这要是伤了个啥地方，未来的飞行员就没了。"二毛蛮不高兴地说。

我觉得二毛是个挺乐观的人，爹娘闹离婚，自个儿就像啥事没有，该干啥干啥，反而玩得比以前更凶了，我想见个鸡上天，自己都觉得自己脑子不清醒，而他帮着和我一块。我俩都挺无聊。

"你别老嚷嚷飞行员了，你能上天，那啥玩意儿都能上，鸡也能上。"我说。

"你别不信，三胖这事我包，我有法子了，"二毛想了想，说，"铁定叫他帮我俩将鸡借出来！"

二毛这话念叨了几次，我觉得二毛是在吹牛，就没搭理他。带着点平日攒下的零钱，我一个人偷偷去了镇上的集市，早上出发，到了深夜回来。镇上的鸡都是一个样，十几只装在一个方块形的铁笼子里，一排鸡踩在另一排鸡背上，都将毛蜷缩在一块，头往脖子窝里挤，粪便拉得到处都是。老板和和气气和客人讲价钱，回头如果有鸡在笼子里扑腾翅膀，老板就骂骂咧咧回头踹上一脚，等回过身又是一副好脸色。

我的钱不够买鸡，在集市转了一圈，被人客客气气请了出去。回来后，才知道三胖已经答应二毛了，至于中间经历了什么，二毛没说。

我们仨商量在太平街西口集合，那地儿离我和二毛家远，我本出不了门，好在二毛和我爹娘说去补习功课，替我解了围。一路上我俩和三胖瞎扯，才觉得他是挺憨厚一人，爹娘丢下他跑路，他和他爷爷一块住，人家打小和同龄人玩，他打小就和养着的鸡玩，他爷爷有神经衰弱的症状，睡眠严重颠倒，头脑不清醒，一天到晚爱瞎嘀咕，这问题药还治不了，一江湖郎中来过，笃定要公鸡治，说是公鸡齐叫，脑子神清气爽，久了睡眠自然就好了。郎中说的话虽狗屁不通，但用起来倒是有作用，他爷爷索性将鸡宝贝着，外人都不让碰。一家三口——三胖、他爷爷、鸡，一块住着有好多年。

"你们甭借久了，要借着看鸡上天都在我家这儿看！"三胖认真看着我俩说。

"你也相信鸡上天？"听三胖这么一说我还挺兴奋，"你和鸡待在一块这么久，见没见过鸡在天上飞？"

三胖瞥了我一眼，用手指了指半空，说："我只见过鸡在半空跳起来，跳得老高，一会儿就落下来了。"

“喂！喂！”他冲走后面不断打哈欠的二毛嚷，“说好给我看鹰的，别忘了！”

借鸡这事出奇的顺利，三胖他爷爷谁的话也不听，只听三胖说的话。他爷爷低头嘟囔，想了想，蛮不情愿答应将鸡借给我们，只是朝我们强调要好借好还，只能借一天时间。他带我们看鸡，十几只健壮的公鸡待在一个角落弯砖头堆砌起的窝里，旁边全是茅草，上面是房瓦，它们半张着羽毛，兀自踱步、啄食，闲散无比。三胖他爷爷得意地说这鸡他养了好多年。

“过两天你们就过来拿吧，我要给鸡喂喂食，打理打理羽毛。”离开前，三胖他爷爷在门口朝我和二毛嚷道。

这两天是周末，街上人更少了，老在刮风，大白天像是晚上似的，路上摸黑看不清路，天上云遮住了太阳不说，还变了色。离校前我记起老师反复强调尽量待在家不要出去，指不定就下大雨了。学生大多有气无力地听，这年头，老师有时比家长管得宽。

我待在家赶作业，整个屋子就我一个人，爹娘也不知去干啥，说都没说一声，我觉得他俩最近有些神经兮兮的。

晚上我爹娘没回，我独自躺床上，我又梦见鸡了。三四百只鸡在天上聚集在一块，扑腾着翅膀咯咯咯地叫，个个眼睛瞪得比猫眼还圆，伸长脖子朝我飞过来，它们簇拥着我，像是一辆车，以鸡命名的鸡车，带着我神气地在云上飞，一群麻雀在后面拼命赶也赶不上。我想起小人书上画的太阳神，好像叫阿波罗，我觉得阿波罗的太阳神车不如我。

等我醒来已经是凌晨，外面没放晴，一片乌鸦似的黑，我爹娘还是没回，我透过窗子，外面哗啦啦地响。我想大概是下雨了。

第二天一早，我听隔壁邻居聚在一块唠叨，这才知道昨晚雨不是一般的大，台阶低的屋子都被灌了水，整个街面都成了水面，出门买菜还得套个袋子，不然容易失脚。

"还轰轰轰打雷哩，我睡得老早都被吓醒。"有人心有余悸，抱怨说。这句话立马换来周围一片应和。

按着二十四节气算，其实这日子早已到了惊蛰，离雨水过去有一阵子了，不下还好，一下就老大。打雷没听见，我觉得我的睡眠和三胖他爷爷是两个极端，他易醒，我睡得老死了。

爹娘都回来了，我爹走过来摸我的头，温柔地和我说要备行李，准备些东西，过段日子和他一块出门。

这雨没日没夜地下，整个空气都像浸了水，学校被淹了一半，临时决定放假一周，雨停了再上课。

我和二毛老早就约好周三去三胖家拿鸡，想不到周三一早雨还真停了。出门一看，几十年的树被打得东倒西歪，掉了不少叶子，好在有枝干支撑着，不然我真怀疑它会倒下来砸坏旁边的平房和竖起的电线杆。我们在离二百米左右的地方看见了在自家院子蹲着的三胖。他一个人，爷爷没出来。周边空荡荡的。

三胖低着头，脸皮耷拉，头发被小雨打湿了，斜斜地低垂下来，遮住了半边眉毛。他用一根树枝在地上画圈，听见脚步的动静，他耸了耸鼻子，没抬头。他说，鸡死了。

他告诉我们，自下雨以后，他将鸡安置在鸡窝，堵上砖头不准鸡出来，每天定时去看，前几天还好好的，能吃能喝，就是不爱动，三胖定时喂食，想不到隔夜刮大风，三胖赖床上偷了一天懒，没出门。鸡窝边上的茅草全被吹开了，砖头漏风，雨飘进来了，这群鸡受了寒，三胖第二天再去看，这群鸡差不多都要死光了。

“只剩下一只小的，刚孵出没多久，说来奇怪，大鸡都死光了，就剩这一只小的。”三胖有些沮丧，他和这些鸡关系一直很好，“在外瞒着没说，怕贼惦记。其实原来还有些母鸡，一半的鸡蛋我爷爷给我补充营养，另一半孵出继续接下去，这下好，就一只了。”

他带我们去看鸡。他小心翼翼拨开茅草，把砖头一块块拿出来，鸡窝空荡荡，死去的鸡大概都被清走了。掏了许久，一只毛茸茸的小黄团才露面，三胖捧着它，小鸡嘴小，米粒大的黑眼珠，也是一副有气无力的样子。

“不知能不能挺过这两天，挺过就好说，挺不过去也要死。”三胖摸着小鸡说。听得出他语气很失落，像是不抱什么希望。

不过这也正常，这么小的鸡，免疫力差，挺到现在已是万幸，能奢望活下来，那得给菩萨拜香才行。我和二毛不知道说啥，索性就陪三胖一块站着。我们仨在这儿站了一下午，像是给死去的那群鸡默哀，院子里空空荡荡，一直没见着三胖他爷爷。其间三胖要将小鸡放地上，小鸡挣扎着从他手上摔下来，扑腾了两下翅膀，好似想要飞到半空中，结果脚都没离开地面，于是老老实实缩着不动了。

十几天后，我办了休学手续，随着我爹离开了太平街。我问我爹我要去哪儿，他说去个大城市，我问那我娘呢，他说你娘就不跟着了，她待在这儿，你有机会可以回来看看。

我离开的那天没下雨，天气放晴，隐约记得春分刚过，是清明。空气中含着湿气，二毛和三胖出来送我，二毛他爹娘出了个乌龙，前脚吵完，现又和好了，这事传遍了整个太平街。二毛一时恢复不过来，上课还老打瞌睡，老师埋怨说他撒谎，特地给他多布置作业，他完不成，反过来抱怨爹娘还不如离婚来得好。他拉住我走快几步，偷偷问我还有没有做鸡飞天的梦，我说没有了。他咦了一声，说：“奇怪，我近来一直做老鹰的梦，一天到晚脑子里都响着鹰叫。”

他怀疑自己是幻听了。

行李很多，我费劲儿一个个搬上车放置好，车是我爹新买的，他说现在有钱人都在用这玩意儿。他还不熟悉这铁疙瘩，正骂骂咧咧进行调试，我百无聊赖坐在副驾驶座上，后视镜里二毛和三胖正和我不停招手。万籁俱静，清明的四月，一切归于安宁。突然，我听见车前方上空的云层里传出一声奇异的鸣叫，穿透了空气，回荡在天地间，回荡在太平街口，好似要将整个地方都惊醒。车子挡住了我的视线，我回头看二毛和三胖，他俩都踮起脚尖望向天空，抬起了头，眼睛睁得老大，嘴巴张开，脸上浮现出异常的红润。三胖铁定昨晚没梳头，那雷震子的发型有几根蹿得老高，整个一天线宝宝似的，像是看见了什么不可思议的东西。等我拉开门下车，天空孤零零的，啥也没有了。我望向我爹，他也好奇地将头往外探，啥也没见着，又将头缩回车里。

车走了，二毛和三胖还在原地，眼睛直愣愣地看着天空，在我的视线中远成了两个缩影。

这一晚上，许久没做的梦又出来了，我梦见了鸡，这次只有一只，鸡很大，载着我在天上飞来飞去。我起来后和我爹说，我爹没搭理我，他正忙碌我新的入学手续和他自个儿的工作。我无聊至极打开电视，正巧看见了一则动物园两只鹰由于饲养员疏忽而逃掉的新闻。

几天后我在学校图书馆乱翻书，无意间见着一处对鹰这种动物的介绍：

鹰，一种禽类，属猛禽，常见有苍鹰、雀鹰和松雀鹰三种，苍鹰一类，翼短而宽，尾较长，善鸣，声锐而速快，善于捕食小型哺乳类动物，不易驯服。